세상의

모든

나에게

핸디캡 때문에
망설이는
너에게

세상의 　　　　모든 　　　　나에게

정종민 지음

나는 초등학교 3학년 때까지 어머니의 등에 업혀 학교를 다녔다. 생후 9개월에 뇌진탕으로 장애를 갖게 되어 혼자서 할 수 있는 일이 거의 없었기 때문이다. 가정형편이 어려워 휠체어를 살 엄두도 내지 못했다. 처음에는 중고 휠체어를 탔는데 어른용이라 너무 커서 혼자서 밀고 다니지 못해 다른 사람이 밀어주어야만 했다. 그러고도 한참 뒤에야 내 몸에 맞는 휠체어를 탈 수 있게 되었는데, 그렇게 내 힘으로 돌아다니기 시작한 나이가 열두 살이었다.

신체장애는 내게 엄청난 핸디캡이 되었다. 내 자신은 물론 누가 봐도 힘들고 불편해 보였을 것이다. 하지만 나는 핸디

5

캡에 굴복하지 않았다. 학교를 다니고, 공부를 하고, 직장인이 되었다. 건강한 사람들보다 몇 배나 힘들고 시간이 걸렸지만 그렇다고 해서 불가능한 일은 아니었다. 지금은 어려운 환경에 처한 사람을 돕고 함께하는 가운데 감사와 기쁨을 느낀다. 혼자서 휠체어를 밀고 해외여행을 다니기도 한다. 핸디캡은 오히려 나를 일으켜 세우는 힘이 되었다.

핸디캡도 삶의 또 다른 형태일 뿐이다. 핸디캡을 붙들고 주저앉기에는 이미 주어진 것들이 너무나 많고, 그 안에서 찾을 수 있는 행복 또한 충만하다. 핸디캡이 있고 없음에 삶의 가치를 맡길 수는 없다. 핸디캡이 있다고 해서 삶의 가치가 떨어지는 것은 아니기 때문이다. 삶의 가치를 부여하지 못하는 것은 바로 자신이다. 오히려 핸디캡이 있기에 삶의 가치는 더 커지고 위대해진다. 우리는 자신이 살고 있는 모습이 어떠하든 이미 그 자체로 소중한 존재다.

모든 꽃은 비를 맞지만 여린 꽃잎을 아름답게 피워내고야 만다. 때로는 핸디캡이라는 폭풍우를 맞기도 하고, 때로는 가난이라는 장맛비를 만나거나, 실업이라는 소나기를 만

나기도 한다. 그렇게 사람들은 저마다 크고 작은 비를 만나며 살아간다. 몸의 핸디캡을 만나든, 삶의 핸디캡을 만나든, 우리 모두는 이미 생명이라는 아름다운 꽃을 피워내는 사람들이다.

모든 꽃은 비를 맞고 핀다. 그래서 비를 멀리하거나 싫어해서는 안 된다. 비를 맞지 않은 꽃은 생명을 잃는다. 비를 흠뻑 맞고 난 뒤 빛나는 햇살 속에서 아름답게 피어나는 꽃처럼, 이런 저런 비를 맞고 살기에 우리도 꽃처럼 피어날 수 있는 게 아닐까.

당신에게는 어떤 핸디캡이 있는가? 나처럼 금방 눈에 띄는 신체장애를 가지고 있을 수도 있고, 아니면 남이 모르는 열등감이나 과거의 상처로 어려움을 겪고 있을 수도 있다. 나의 이야기가 신체적, 정신적 또는 환경적 핸디캡 때문에 괴로워하고 있는 당신이 핸디캡을 자신의 한 부분으로 받아들이고, 나아가 개성으로 만들어 가는 데 작으나마 희망이 되고 도전이 될 수 있길 진심으로 바란다.

자신의 핸디캡을 넘어서고 있는 이들과 그 가족들, 그리고 삶의 핸디캡으로 잠시 멈춰선 이들, 오늘도 기적 같은 일상

을 만들어 가기 위해 성실히 걸어가고 있는 모든 이들에게
경의를 표한다.

지금 가는 길이 가고 싶은 길이라면 끝까지 가십시오!
가는 길에 만나는 모든 핸디캡들은
결국 당신을 더욱 강하고 빛나게 할 것입니다.

　　아름다운 4월의 봄날, 정종민

목차

1

열 번의 용기로 안 되면
열한 번의 용기로

2

극복하려 하지 말고
배움의 기회로 삼아라

3

핸디캡을 잡지 말고
자신을 잡아라

4

핸디캡을 소통의
매개체로 만들어라

5

혼자서 감당하려
너무 애쓰지 마라

세상의 모든 나에게

그래,
여기까지 온 거 쉽지 않았어
아쉬움이 많은 거 알아
알지, 당연히 알지
하지만 여기까지 올 수 있을지 몰랐잖아

잠깐
뒤를 돌아봐
네가 시작했던 길,
이제 보이지 않아
열심히 왔어
여기까지

오늘도
늘 지나갔던 거리를 지나
늘 가야 하는 같은 건물들과
만나야 하는 같은 사람들이지만,
네가 존재하기에
보여지는 살아 있는 풍경이야

가고 싶은 만큼 가지 못했어도
가고 싶은 만큼 희망이 가 있으면 돼
아무래도 상관없어
네가 있기에 모든 것이
살아 있는 거니까

세상의 누구보다
너를 아는 사람은 없어
희망이 있기에 여기까지 온 거
너만큼 아는 사람은 없어

모든 사람들이
정말 대단한 것을 이루기 위해
태어난 것은 아니야
정말 대단한 것은
네가 살아 있다는 거야

축복한다며 안아주고 싶다
수고했다고 말해주고 싶다
세상의 모든 나에게.

누구나 핸디캡은 있다

세계보건기구에서는 장애를 impairment, disability, handi-cap 등 크게 3가지로 분류하고 있다. impairment는 신체적 결손 또는 손상으로 대부분의 사람들이 이해하고 있는 장애의 개념이다. disability는 사회복지, 특수교육에서 주로 사용하는 개념으로 신체적 손상과 더불어 심리적 영역 등이 포함된 인간적 능력의 손실상태를 의미하여 impairment보다는 좀 더 넓은 영역의 개념이다. handicap은 disability보다 좀 더 확대된 개념으로 사회 환경적 영역이 포함되어 있다. 즉, 물리적, 문화적, 사회 환경적 요인들이 장애의 개념에 포함되어 있는 것이다.

나는 장애를 핸디캡(handicap) 즉 사람들과 함께 살아가면서 경험할 수 있는 개인의 '불편'으로 본다. 그 불편은 개인마다 다르게 다가올 수 있다. 나에게는 신체장애가 가장 크다고 할 수 있지만, 어떤 사람은 외모나 키가 될 수도 있고, 다른 사람은 학력이나 급여가 될 수도 있을 것이다. 심리적인 불안이나 우울감 또는 누구에게도 말할 수 없는 과거의 상처나 트라우마도 될 수 있다.

장애가 한 개인에게 초점이 맞춰져서 개인이 모든 것을 해결하고 자신이 바라는 삶을 살아 가야 한다고 본다면, 핸디캡은 개인을 둘러싸고 있는 환경에 초점이 맞춰져서 그 환경을 이루고 있는 사람들과 함께 자신이 바라는 삶을 영위해간다고 볼 수 있다. 장애는 개인이 원하지는 않지만 가지고 있을 수밖에 없는 것으로 부정적 측면을 가지고 있는 반면, 핸디캡은 누구에게나 있을 수 있고 타인과는 조금 다른 특징인 개성으로서의 긍정적 측면을 가지고 있다.

핸디캡은 다른 사람들이 핸디캡이라고 지칭해서 핸디캡이 되는 것이 아니다. 자신이 불편을 느끼고 쉽게 다른 사람들에게 보여줄 수 없다면 그것이 핸디캡일 수 있다. 누군가에게는 핸디캡이 아닐 수도 있지만 누군가에게는 핸디캡일 수 있는 것이다. 그러니 누군가의 불편을 불편이 될 수 없다고 쉽게 판단해서는 안 된다. 그 불편으로 인해 어떤 일들이 있었는지는 모르기 때문이다. 우리 모두에게는 상대방의 불편을 인정해주고 배려해야 하는 최소한의 책임이 있다. 그동안 핸디캡은 극복해야 할 대상으로 한 개인 또는 가족의 역경 스토리 안에 담겨 주목받아 왔다. 우리는 이미 국가와 사회의 구성원들이 핸디캡을 함께 알고 공유해 가야 하는 시대를 살아가고 있다. 개인과 가족이 지고 가야 할 짐은 무거울 수 있지만 이 사회가 조금씩만 덜어준다면 훨씬 가벼워질 것이다. 안타까운 것은 아직까지 우리 사회는 성공하고 잘사는 방법에 대해서는 많은 관심과 노력을 기울이지만, 어떻게 하면 더불어 살아갈 수 있을지에 대한 교육과 참여는 부족하다.

더불어 살아가는 세상을 만드는 것은 그리 어려운 일이 아니다. 사소한 관심과 상대를 향한 마음을 가지는 것만으로도 큰 변화를 가져올 수 있다. 자신이 가진 어려움이나 핸디캡을 볼 수 있는 눈을 가지고 있다면, 조금 더 상대방이 가진 핸디캡을 이해하고 배려할 수 있게 된다. 처음에는 어떻게 다가갈지, 무엇을 도와주어야 할지 몰라서 막막할 수 있다. 따뜻한 에티켓의 시작은 질문에서 시작된다. 어떤 도움이 필요한지 먼저 물어보라. 도움이 필요하면 도와주면 되고, 도움이 필요 없다면 괜찮은 것이다.

불편으로부터 자유로워지는 법

수년 전, 베스트셀러 작가이자 복음전도자인 닉 부이치치 (Nick Vujicic)가 우리나라에 왔었다. 그가 오기 전 나는 유튜브를 통해 그가 강연하는 모습을 보았다. 팔과 다리가 없는 그가 수많은 학생들과 허깅(hugging)하는 모습은 정말 인상 깊었다. 허깅은 반드시 팔이 있어야 하는 것은 아니었다. 그의 허깅은 가슴과 가슴, 마음과 마음이 이어지는 허깅이었고, 사람들에게 잊지 못할 감동과 희망을 안겨주었다. 그는 탁자 위에서 강연을 한다. 휠체어에서 강연을 해도 충분한데 굳이 휠체어에서 내려와 탁자 위에서 강연을 하는 것이다. 여러 가지 이유가 있겠지만 그가 탁자 위에서 보여주는 것은 많다. 작은 발바닥으로 탁자를 치며 입으로는 드럼소리를 내서 사람들에게 웃음을 주기도 하고, 그가 탁자에 누웠다가 힘겹게 일어나는 모습을 보여줄 때는 가슴이

울컥하지 않은 사람이 없다.

하지만 닉 부이치치를 처음 보는 나의 눈과 마음은 불편했다. 팔과 다리가 없었기 때문이다. 장애를 가진 나도 그랬는데 장애가 없는 사람들은 어땠을까.

우리가 느끼는 불편이란 무엇일까? 우리는 방송과 인터넷을 통해 아름답고, 멋지고, 화려한 모습, 재미난 것들에 열광하며 어느새 그런 콘텐츠에 익숙해져 살아가고 있다. 불편한 것들을 피하고 말하지 않는다고 해서 일상생활이 그만큼 편해지는 것도 아니다. 안 그래도 바쁘고 피곤한 과로사회에서 살아가는 우리에게 그것이 좋지 않다고 해도 잠깐의 휴식과 위로를 받을 수 있다면 굳이 나쁘다고 말할 것까지는 없다.

그러나 우리는 의식하든 의식하지 못하든 크고 작은 핸디캡을 가지고 살고 있다. 나처럼 신체장애를 가진 사람부터, 심리적으로 어려움을 안고 사는 사람, 질병으로 고통받는 사람, 가족을 부양하느라 자신을 돌보지 못하는 사람, 아니면 취업준비로 오랜 시간 지쳐 낙심한 청년들까지, 다양한 불편과 아픔들을 안고 살아간다. 불편을 외면한다고 불편이 사라지지는 않는다.

불편은 자주 보고 자주 느끼면 거부감은 점차 작아진다. 불편도 배워가는 것이고 적응해가는 것이다. 매일 아침 내가 가진 핸디캡이 처음처럼 낯설고 휠체어 타는 방법을 익혀야 한다면 어떨까. 상상도 할 수 없는 일이다. 매일이 버거울 것이다. 다행히 이런 일은 일어나지 않는다. 지금은 핸디캡 때문에 내가 할 수 있는 것과 할 수 없는 것을 알고 있고, 휠체어를 내 몸의 일부처럼 편안하게 활용하고 있다.

처음에는 불편을 보고 경험하는 것이 어렵다. 그러나 시간이 우리를 도와준다. 타인의 불편이든 자신의 불편이든, 불편을 보고 직면하게 되면 우리는 그만큼 자유로워지고 더 큰 감동을 선물받는다.

닉 부이치치의 모습을 처음 보는 사람은 대부분 불편을 가지고 그를 바라본다. 그가 처음 강연장에 나올 때 사람들의 얼굴은 걱정스러움, 무언가 불안한 눈빛, 어색한 표정들로 가득하다. 그러나 그가 강연을 마칠 때면 그와 허깅하기 위해 수십 미터의 줄이 만들어진다. 이유는 무엇일까? 그가 살아온 삶의 스토리에서 감동을 받은 이유도 있겠지만, 수많은 사람들이 보는 앞에서 누웠다가 힘겹게 다시 일어나는 자신의 모습을 보여주는 것은 아무나 할 수 있는 일이 아니기 때문이다. 그것은 용기 있는 사람만이 할 수 있는 일이다.

자신의 나약한 모습을 전혀 모르는 사람들 앞에서 보여주고 싶은 사람은 아무도 없을 것이다. 팔다리가 없어 허리와 목의 힘만으로 힘겹게 일어나는 그의 모습은 우리에게 불편을 주지만, 결국 우리 모두는 그런 모습을 가지고 있지 않은가. 그가 팔로 안아주지 못해도 사람들은 줄을 서서 그와 허깅하길 원한다. 불편의 이면에는 삶에 대한 치열한 노력과 눈물이 숨겨져 있다. 불편과 직면할 때 어느새 핸디캡은 우리와 친해져 있을 것이다.

1.

열 번의 용기로 안 되면
열한 번의 용기로

우리에게 뭔가 시도할 용기가 없다면,
삶이 도대체 무슨 의미가 있겠니?

― 반 고흐 『반 고흐, 영혼의 편지』 중에서

시골에서 농사만 짓던 아버지와 전화교환원으로 일하던 어머니는 늦은 나이에 중매로 결혼했다. 할아버지 댁에서 신접살림을 시작한 두 분은 내가 태어난 직후 서울로 상경했다. 아버지는 공장에 취직해 일을 시작했고, 어머니는 낡은 재봉틀을 하나 얻어와 삯바느질을 하며 사글세 단칸방 생활을 시작했다. 가난했지만 평범한 일상이 이어졌다.

그러던 어느 날, 일상의 평온을 깨는 운명의 순간이 다가왔다. 내가 세상에 태어난 지 9개월이 되던 날의 일이다. 어머니는 여느 때처럼 방에서 재봉틀을 돌리고 있었고, 나는 방안을 이리저리 기어 다니며 놀고 있었다. 방안을 돌아다니던 나는 모험심이 동했는지 문지방에 걸터앉으며 몸을 돌렸다. 그 순간 나는 중심을 잃고 뒤로 떨어져 시멘트 바닥에 머리를 부딪혔다.

어머니는 많이 놀라셨지만 피가 나지는 않으니 그나마 다행이라고 여기며 나를 안아 올렸다. 그런데 내 울음소리가 예사롭지 않았다. 어머니는 나를 안고 동네병원으로 달려갔다. 나는 다친 머리를 바닥에 대고 누울 때마다 자지러지게 울어댔고 결국 종합병원으로 옮겨졌다.

병원에서 검사에 검사가 이어졌다. 피검사에서부터 골수검사까지, 온갖 검사가 반복되었다. 특히 척수에 대바늘을 꽂아 골수를 뽑는 골수검사는 7번이나 진행되었다. 진단은 뇌진탕이었다. 부딪칠 때 생긴 충격으로 인해 머리 안에 나쁜 피가 고였다는 것이다. 당장 수술을 해야 했지만 당시 의료기술로는 뇌수술이 매우 위험했고, 생명이 위태롭지 않으면 수술을 하지 않았다고 한다.

병원에 있는 동안 약을 많이 먹었다. 다행히 나는 약을 잘 먹는 아기여서 간호사들에게 인기가 많았다고 한다. 다른 아기들은 약을 먹일 때마다 전쟁을 치르다시피 하는데 나

는 주는 대로 잘 먹고 웃기까지 해서 병동에서 모두 신기
하게 보기도 했단다. 그렇게 몇 주 병원생활을 하다가 별
다른 호전 없이 나는 어머니의 등에 업혀 퇴원했다. 부모
님이 전세방 마련하는 데 보태려고 부었던 곗돈도 병원에
서 다 날렸다.

퇴원 당시 나는 아무런 힘이 없이 축 처져 있었고, 어머니
는 내가 그렇게 있다가 죽을 줄 알았다고 한다. 그 뒤로 나
는 기어 다니기는커녕 움직이지도 못한 채 누워만 있었다.
어머니는 바느질일을 계속 하며 나를 키웠고, 2년 뒤에 여
동생이 태어났다. 그때도 나는 바닥에 엎드린 채 몸을 끌고
기어 다니는 정도가 전부였고, 세 살쯤 되어서야 힘겹게 벽
에 기대앉았다고 한다. 그 뒤로 나는 앉아서 천천히 기어 다
니며 움직일 수 있었다.

어린 여동생은 무릎에 상처가 많았다. 오빠인 내가 걷고 여
동생이 어머니 등에 업혀야 했는데, 내가 어머니 등을 차
지하고 있으니 여동생은 너무 어릴 때부터 어머니 손을 잡
고 걸어야만 했다. 아직도 어렴풋이 기억이 난다. 어머니
가 한 손으로 나를 업고, 한 손으로는 여동생 손을 잡고 걷
던 모습. 여동생은 자꾸 넘어져서 몇 번이나 울음을 터트렸

다. 나는 초등학교 2학년이 될 때까지 그렇게 어머니의 등에 업혀 지냈다.

눈물 젖은 베개를 뒤집고 또 뒤집고

일곱 살 때쯤이었던 것 같다. 부모님은 종종 크게 다투셨는데, 그날도 온 집안이 난리였다. 아버지는 조용한 편이었지만 다혈질이었고, 일단 화가 나면 말이 통하지 않았다. 어머니는 아버지와 언성을 높여 싸우다가 옷가지를 챙겨 여동생 손을 잡고 집을 나가셨다. 나도 어머니를 따라 가겠다고 울었지만 아버지가 화를 내서 조용히 있을 수밖에 없었다. 어머니는 여동생과 떠났고, 화를 삭이지 못한 아버지도 씩씩거리며 나가버렸다. 갑자기 조용해진 단칸방. 나는 그저 열려 있는 문을 멍하니 바라보는 것 외에는 할 수 있는 것이 아무것도 없었다.

내가 아주 어릴 때부터 어머니는 아침마다 자고 있는 나의 다리와 허리를 주물러주셨다. 주물러준다고 나의 다리와 허리가 낫는 것은 아니었지만 어머니는 내가 조금이라도 나아지길 바라는 마음으로 매일 기도하며 주물러주셨던 것 같다. 어머니가 주물러주시면 몸이 깃털처럼 가벼워지는 기분이 들었다. 그리고 잠에 취해 눈도 못 뜨고 앉아 있으면 세숫대야에 물을 받아와 여동생과 나의 얼굴을 씻겨주셨다.

어머니와 동생이 집을 나간 다음날 아침 눈을 떠보니 방안은 조용하고 아무도 없다. 아버지는 새벽같이 일터로 나가고, 아침 햇살만 여느 때처럼 눈부시게 쏟아져 내리고 있었다. 어머니가 부엌에서 밥하는 소리, 어서 일어나라고 소리치는 어머니의 목소리로 가득했던 집은 침묵으로 텅 비어 있었다. 햇살을 받으며 누워 있는 나는 초라했다. 끝없는 무력감이 나를 바닥으로 끌고 내려갔다. 눈물이 왈칵 쏟아졌다. 햇살이 비켜가도록 울었는데도 눈물은 멈추지 않았다. 베개가 다 젖어 축축해졌다.

한참을 울다 정신을 차려보니 머리맡에 딸기맛 카스텔라가 하나 놓여 있는 것이 눈에 들어왔다. 아버지가 사다 놓고 가신 것이다. 그 와중에도 배가 고파 빵을 몇 입 베어 먹었다. 다 먹기는 아까워서 절반 정도 남겨 놓았다. 축축해진 베개를 뒤집어서 베고 잠을 청했다. 얼마니 잤을까. 동네아이들이 밖에서 노는 소리가 들려 잠이 깼다. 한참 잔 것 같은데 밖은 여전히 환했다. 남겨놓은 빵을 먹으려고 집어 드니 빵 봉지 안에는 개미가 가득했다. 도저히 먹을 수 없을 정도였다. 눈물이 빵 위로 뚝뚝 떨어졌다. 얼마나 서럽게 울었는지 방 앞을 지나가던 주인집 할머니가 방문을 열어보았다. 할머니는 나를 측은하게 바라보며 어머니 금방 오실 테니 진정하라며 위로해주셨다. 베개가 다 젖어버려 다시 뒤집었다.

밤늦게 아버지가 들어오셨다. 나는 아무 말도 하지 않았다. 아버지가 무섭기도 했고, 아무 말도 하고 싶지 않아서였다. 아버지는 TV를 보다가 잠이 드셨고 하루 종일 잠만 잤던 나는 애국가가 흘러나올 때까지 TV를 보다가 잠이 들었다. 그렇게 똑같은 하루가 한 번 더 지나갔다. 그리고 해질녘 어머니와 여동생이 돌아왔다. 나는 어머니와 동생이 정말 반가웠다. 어머니는 방과 부엌을 청소하느라 바쁘셨다. 며칠 동안 열리지 않았던 창문은 활짝 열렸고, 시원한 바람이 방 안으로 들어왔다. 창문 밖 밤하늘에는 별이 몇 개 보였다.

치료 실패가 인생 실패는 아니야

우리 집에는 운동기구가 하나 있었다. 아버지가 긴 나무와 플라스틱 파이프를 잘라 만든 것이었는데, 마치 목발을 짚고 선 것처럼 서서 걷는 연습을 하기 위한 보조기구였다. 어머니는 내가 휠체어를 타지 않고 목발을 짚고 서서 다녀야 한다고 생각하셨다. 아버지는 매일 서서 100번씩 왔다 갔다 하라고 하셨지만 나는 너무 하기 싫어서 몇 번 하다가 내려 온 적이 대부분이었다. 서서 걷는 연습을 하고 나면 양쪽 겨드랑이와 손바닥이 빨갛게 달아올랐고 온몸이 녹초가 되었다.

그 뒤로는 발부터 허리까지 고정하는 보조기를 착용하고 목발로 서는 연습을 했다. 보조기는 허리부터 발끝까지 철심으로 내 몸에 맞춰 제작되어 내가 설 수 있도록 지탱해주는 뼈대 역할을 했다. 영화에 나오는 아이언맨과 비슷하다고 볼 수 있는데, 차이가 있다면 아이언맨은 온몸을 철로 감싸고 있고, 나는 철로 만들어진 뼈대를 몸에 덧댄 것이었다. 왼쪽 어깨는 근육이 전혀 없어 오른팔에만 의지해서 몸을 지탱해야 했다. 척추측만증이 심해서 허리는 갑옷처럼 둘

렀다. 보조기를 하면 온몸이 일자로 고정되어 몸이 마치 나무 막대기처럼 느껴졌다. 혼자서 일어서서 목발을 짚고 걷는다는 게 이렇게 힘들 줄은 몰랐다. 목발을 짚고 서 있는 것 자체가 고통이었다.

어머니는 계속 시도하려고 했지만 나는 포기하고 싶었다. 휠체어가 훨씬 편했고 서 있는 것이 너무나 힘겨웠다. 넘어지면 그냥 일자로 묶인 채 넘어지기 때문에 매우 위험했다. 재활의학과 의사는 내가 장애 정도가 심해 서서 걷는 것이 심장에 무리가 갈 수 있다고 했다. 보조기와 목발을 제작하는 비용도 만만치 않았지만 어쩔 수 없었다. 서서 걷는 연습을 하는 운동기구를 정리하며 나보다는 어머니가 상심이 크셨다. 아들이 휠체어를 타고 세상을 살아가야 할 것을 생각하니 막막했던 모양이다.

하지만 나는 그럭저럭 견딜 만했던 것 같다. 어릴 적부터 신체장애를 가지고 있었고, 특수학교를 다니며 나보다 어려운 친구를 많이 보고 자랐기 때문에 적응할 만한 시간이 충분했던 것이다. 휠체어를 타고 다니더라도 학교에 다니며 공부할 수 있었고, 친구도 있었다. 서서 걷지 못한다 해도 인생이 끝난 것 같은 절망감은 없었다. 몸은 불편했지만 꿈

꿀 수 있었고, 잘 생각해보면 날마다 즐거운 일도 많았다.

그러나 중도에 신체적 핸디캡을 갖게 된 경우는 상황이 많이 다르다. 핸디캡이 생기기 전과는 완전히 다른 삶을 살아야 하기 때문이다. 특히 시간과 노력을 쏟아 붓던 재활치료가 실패하면 절망감은 매우 크다. 핸디캡을 받아들이는 과정도 매우 어렵다. 하지만 치료에 실패했다고 해서 모두 불행한 삶을 살아야 하는 것은 아니다. 어떤 순간에도 감사할 일은 남아 있어서, 하루하루 즐거움을 찾고 행복을 찾을 수 있게 된다. 포기하지 않고 용기를 내서 도전하기만 한다면 분명 새로운 행복을 찾을 수 있기 때문이다.

도움을 청할 용기 하나면……

1980년대는 장애인 편의시설이 전무했던 시기다. 가정과 학교를 벗어나 사회로 나가야 하는 장애 학생들은 또 하나의 장애를 갖게 되는 셈이었다. 내가 다녔던 특수학교에서는 1년에 한 번, 도심적응훈련을 했다. 장애학생 2명과 대학생 봉사자 1명이 한 조를 이루어 미션쪽지가 알려주는 장소에 가서 미션을 수행하는 방식이었다. 봉사자는 학생들이 이동할 때 2미터 정도 떨어져서 다니며 미션 진행사항을 체크하고 장애학생들의 안전을 책임졌다. 주된 미션은 버스, 택시, 지하철 등 다양한 교통수단을 이용하여 이동하는 것이었고, 카페와 백화점도 거쳐야 했다.

나는 휠체어를 타고 다녀서 시민들의 도움을 많이 구해야 했다. 택시는 멈추는 듯하다가 휠체어를 보고는 그냥 지나가버렸고, 지하철에서는 남자 어른들이 휠체어를 들어서 수십 계단을 오르고 내렸다. 번번이 낯선 사람들에게 부탁해야 하는 번거로움과 장시간 혼자 힘으로 휠체어를 밀고 다녀야 하는 어려움은 있었지만, 학교와 가족을 벗어나 도심을 여행하는 것은 매우 신나는 일이었다.

한 번은 버스를 타기 위해 도움을 받아야 했다. 정류장에 평범한 정장을 입고 있는 아저씨와 허름한 작업복 차림의 아저씨가 서 있었다. 나는 정장을 하고 있는 분이 도움을 요청하면 잘 받아주실 것 같아 다가가서 버스에 타야 하는데 도와달라고 했다. 그러자 아저씨는 나를 멀뚱멀뚱 쳐다보기만 했다. 나도 아저씨를 멀뚱멀뚱 쳐다보았다. 그렇게 몇 초가 흘렀을까. 옆에서 가만히 지켜보던 작업복 차림의 아저씨가 자신이 도와주겠다며 다가왔다. 나는 그분의 등에 업혀 버스를 탈 수 있었다.

외모나 옷차림으로 사람을 알 수는 없는 법이다. 선하게 보이는 사람이 더 악할 수도 있고, 악하게 보이는 사람이 더 선하게 살아가는 경우도 많다. 사회적으로 가진 것이 많은 사람이 반드시 더 많이 도와주는 것도 아니다. 나는 비영리 단체에서 일하면서 본인이 가난하고 어렵기에 같은 처지에 있는 사람들을 조금이라도 돕고 싶다고 하는 사람들을 많이 보았다. 어쩌면 나도 그들 중 한 사람일지도 모른다. 그래서 감사하다. 가지고 있는 몸이 건강하지는 않지만, 가지고 있는 재산이 많지 않지만, 내가 할 수 있는 일을 통해 누군가를 돕는 것은 그만큼 가치 있고 소중한 일이기 때문이다. 나는 그 허름한 작업복을 입고 있던 아저씨의 등에 업히는 순간 그 아저씨의 가난과 어려움을 조금은 알 수 있었다. 너무 오래 입어서 여기저기 헤진 조끼와 햇볕에 그을린 얼굴, 어지러이 난 수염. 아주 잠시였지만 지금도 그 모습이 어렴풋이 기억난다.

도움을 주는 사람은 정해져 있지 않다. 가난한 시절을 보내서 가난의 어려움을 아는 사람이 작게라도 남을 도우며 사는가 하면, 똑같이 가난한 시절을 보냈지만 자신만 바라보며 나누지 못하는 사람도 있다. 부자로 살지만 가난한 자의 마음을 공감하는 사람이 있는가 하면 그렇지 못한 사람도 있다. 누군가를 돕고자 하는 마음은 부의 많고 적음이 아니라 결국 자신의 선택인 것이다.

나는 이제까지 수없이 누군가에게 도움을 요청했고 그들의 도움을 받았지만, 도움을 요청하는 순간은 항상 낯설고 어렵다. 그 낯선 상황에서 그가 나를 도와줄 것인지 아닌지는 전적으로 그 사람의 선택이다. 내가 할 수 있는 것은 용기를 내서 도움을 청하는 데까지다.

길을 걷고 광장으로 나서고 사람들에게 손을 내밀어 도움을 청하는 것은 그 단계마다 엄청난 용기를 필요로 하는 일이지만 도움을 구하면 어떤 식으로든 분명 답을 얻게 된다. 도움이 필요할 때 도와달라고 말하고, 내가 도울 일이 있을 때 주저하지 않고 나서는 것, 바로 그 용기가 내게 일을 주고, 친구를 주고, 행복한 삶을 만들어주었다.

도전이 갖고 있는 두 가지 가능성

장애인 특수학교에 비해 일반 고등학교는 비교가 안 될 만큼 넓은 세상이었다. 내 또래 친구들, 그것도 남학생만 이렇게 많은 줄은 전혀 몰랐다. 기껏해야 교회에서 만난 또래 친구들, 그리고 특수학교에서 함께 지냈던 친구들은 다 합쳐봐야 100명도 안 되었지만 고등학교에서는 한 반만 50명이 넘었으니 세상이 넓다는 말은 고등학교에서 알게 되었다.

내 고등학생 시절은 좌절로 시작되었다. 처음 치르는 모의고사 성적이 뒤에서 3등이었다. 소심한 성격이라 낯선 환경에서 내 뜻을 잘 표현하지 못했다. 화장실이 급했는데 친구들에게 말하지 못하고 휠체어에서 그만 소변을 본 것이다. 처음으로 반에서 성적서열이 정해지는 순간 나는 최악의 상태에서 시험을 치르게 된 것이다. 나보다 점수를 더 못 받은 친구들은 수업에 거의 안 들어오는 운동부 아이들뿐이었다.

다행히 몇 번의 모의고사를 치르는 동안 성적이 조금씩 올라 중간 정도 이르자 안도감이 들었지만, 더 이상 성적이 오르지 않는다는 것도 알았다. 야간 자율학습시간, 상위권인 친구는 내 옆에서 공부하다가 농구 한판 하고 오겠다며 선생님 몰래 밖으로 나갔다. 나보다 공부도 훨씬 잘 하고 자유롭게 운동도 할 수 있는 친구가 부러웠다. 창 밖에서 농구하는 친구들의 목소리가 간간히 들려왔다.

안락한 특수학교를 떠나 일반 고등학교로 진학한 것은 단지 더 넓은 세상을 보고 싶었기 때문이다. 수많은 또래 친구들 사이에서 나는 작은 사람이었고, 그냥 휠체어를 타고 다녀서 눈에 띄는 친구일 뿐이라는 것이 내 눈에 비친 내 모습이었다. 아침에 교실에 들어와 내 자리에 앉으면 거의 하루 종일 그 자리에 앉아 있다가 수업이 끝나면 교실 밖으로 나가는 하루하루가 반복되었다. 모든 수업이 끝나고 자율학습시간이 되면 다른 교실로 가기 위해 이동하는 것이 학교 안에서 가장 멀리 움직이는 동선이었다.

나는 공부를 계속 해야 하는 이유를 찾아내야만 했다. 고등학교라는 넓은 세상을 보았으니 이제 다음 도약을 위한 분명한 이유가 필요했다. 그러지 않으면 굳이 어려운 수험생활을 해야 할 필요가 없는 것이다. 잠시 공부를 멈추고 내 양손을 멍하니 바라보았다. 지금 여기서 학업을 멈춘다면 포기이고, 학업을 계속한다면 도전이다. 주먹을 쥐고 있는 내 손을 보며 왼손은 포기, 오른손은 도전이라고 이름을 붙여 보았다. 포기의 왼손을 펴면 어떤 단어가 나올까, 도전의 오른손을 펴면 어떤 단어가 나올까 상상해보았다.

결론을 찾는 데는 그리 오랜 시간이 걸리지 않았다. 포기의 왼손을 펴면 실패라는 단어밖에는 생각나지 않았다. 반면 도전의 오른손을 펼치면 실패와 성공이라는 두 개의 단어가 나오게 된다. 포기를 하면 언제나 실패라는 결과물만 나오지만, 도전을 하면 성공 또는 실패라는 두 가지 결과물이 나오게 된다. 단순한 논리지만, 나에게는 소중한 통찰이었다. 도전해야 할 이유를 찾았기 때문이다. 포기하면 여기서 모든 것이 끝이지만, 도전은 실패의 끝도 있지만 성공의 끝도 분명 존재하기 때문이다.

신나게 농구를 하고 들어온 친구는 땀을 뻘뻘 흘리며 내 옆자리로 돌아왔다. 덩치도 크고 피부도 하얀 친구는 큰 눈을 껌벅이며 선생님이 자리 확인 안 했는지 물었다. 나는 친구에게 방금 전 나의 논리와 통찰을 신나게 이야기했다. 친구는 여전히 큰 눈을 껌벅이며 끝까지 들어주기는 했지만 나의 말은 그다지 와 닿지 않는 표정이었다.

자율학습이 끝나고 집으로 돌아오는 길, 어머니가 밀어주는 휠체어에 앉아 밤하늘을 바라보았다. 별은 몇 개 보이지 않았지만 그 별들은 나를 보고 빛나는 것만 같았다. 일반 고등학교라는 넓은 세상을 경험하는 것이 꿈이었고, 그 꿈을 이루었으니 대학이라는 더 넓은 세상을 꿈꿔보자, 아직 내 손으로 잡기에는 너무 멀리 떨어져 있지만 이제 와서 포기할 수는 없는 법. 도전하고 또 도전하면 언젠가 내 오른손에서 작은 성공이라는 단어가 나오지 않을까.

어 머 니 에 게 물 려 받 은 용 기

나는 몸이 약해서 아홉 살이 되어서야 초등학교에 입학했다. 어머니는 내가 다닐 수 있는 특수학교를 찾아서 돌아다녔고, 당연하다는 듯 학교 근처로 이사를 갔다. 이후에도 고등학교, 대학교 진학을 알아보기 위해서 어머니는 가까운 지인부터 소개로 알게 된 사람까지 일일이 전화를 하거나 직접 찾아다니며 알아보셨다. 그때는 내가 할 수 있는 것이 아무것도 없었다.

장애가 있는 경우, 치료와 재활, 공부, 진학 등 살아가는 데 필요한 모든 것을 직접 알아봐야 한다. 같은 장애라 해도 개인별로 상황이 모두 다르기 때문에 주위 사람들에게 도움을 받기도 어려울 때가 많다. 나처럼 휠체어를 타고 학교를 다녀야 하는 경우에는 나의 적성이나 관심, 점수보다 더 중요한 것이 있는데 바로 편의시설이다.

고등학생 당시, 장애가 있는 여학생이 대학 4년 동안 어머니의 등에 업혀 다니며 공부했다는 뉴스를 본 적이 있다. 그리고 어떤 장애인 학생은 서울대학교에서 입학면접을 볼 만큼 공부를 잘했지만 핸디캡이 있다는 이유로 떨어져서 큰이슈가 된 적도 있었다. 대학에 가고 싶은 마음이 간절했지만 현실은 막막하기만 했다.

학력고사 전기전형에서 떨어져서 후기시험을 준비해야 했던 시기의 일이다. 어머니가 발품을 팔고 아는 사람들을 찾아다니며 휠체어가 갈 수 있는 대학을 알아보았다. 전국에두 곳이 전부였다. 한 곳은 경기도에, 한 곳은 대구지역에있었다. 나는 마지막 학력고사 세대로서 이번에 진학하지못해 재수를 하게 되면 수학능력시험이라는 전혀 새로운 전형을 준비해야 했기 때문에 부담감이 컸다. 이번에 어느 대학이라도 반드시 가야 했다. 휠체어를 타고 재수학원에 다니는 것은 불가능했고, 개인 과외를 받기에는 집안 살림살이가 넉넉하지 못했다.

어머니가 서점에서 대학입학 신청원서를 사오셨고, 내가 원서를 작성해서 어머니가 접수처에 제출했다. 내가 할 수 있는 것은 거의 없었다. 대학을 직접 보러갈 수도 없었고, 진학정보를 알아보기 위해 학원을 찾아다닐 수도 없었다. 지금처럼 인터넷이라도 있었으면 내가 할 수 있는 것이 훨씬 많았겠지만 당시는 인터넷이라는 단어조차 없었다.

어머니는 내가 고3이 되자 운전면허 공부를 시작했다. 그리고 수년간 부은 적금을 타자마자 자동차를 샀다. '초보운전'이라고 큼직하게 써 붙인 자동차를 타고 서울에서 대구까지 내려갔다. 여기저기에서 들려오는 경상도사투리에 나는 이방인처럼 느껴졌다. 엘리베이터가 없어서 다른 학생들의 도움으로 휠체어를 3층까지 들고 올라가야 했다. 이럴 때도 어머니는 항상 미소가 담긴 얼굴로 담담히 함께해주신다. 시험을 치르고 서울에 올라오는 고속도로 위에서 고속버스가 우리 차를 추월하다가 살짝 부딪치는 바람에 큰 사고가 날 뻔했는데, 어머니는 속으로는 적잖이 놀랐을 텐데도 내가 걱정할까봐 그런지 별 내색이 없으셨다. 이렇게 우여곡

절 끝에 다행히 후기시험에 합격했고 졸업 후 지금까지 사회복지 분야에서 일을 하고 있다.

어머니를 생각하면 항상 절로 고개가 숙여진다. 어머니의 인생은 나를 위한 헌신의 시간으로 가득 채워져 있다. 그러면서도 어머니는 한순간도 용기를 잃지 않으셨고, 내가 잘못되리라는 생각을 해본 적이 없으셨다. 그저 사람은 배워야 하고, 몸이 불편한 사람은 더 잘 배워야 사람노릇하며 살 수 있다고 생각하셨다. 다행히 나는 밝고 긍정적인 사람으로 성장했고, 배움을 두려워하지 않는 용기를 갖게 되었으며, 일찍이 자립에 대한 자신감을 갖게 되었다.

좌절은 이겨내면 그뿐, 도전은 멈추지 않는다

나는 '좌절금지'라는 말을 좋아하지 않는다. 좌절할 수밖에 없는 상황에서 좌절하지 말라는 말은 자기기만으로 몰고 갈 수도 있기 때문이다. 물론 좌절금지는 가까운 사람에게 힘내라는 의미로 전달되는 것은 알고 있다. 하지만 좌절감 자체를 부정해서는 안 된다. 좌절감을 느끼는 것은 자연스러

45

운 것이다. 이후에 좌절감을 어떻게 받아들이는가, 그리고 어떻게 이겨내는지가 더 중요하다.

사람이 어떤 질병에 내성이 없으면 저항력이 약해 쉽게 아프거나 죽음에 이를 수도 있다. 건강한 사람은 질병에 대한 내성이 강해서 잘 아프지 않지만, 약한 사람은 내성이 약해 쉽게 아프게 된다. 이와 마찬가지로 심리학에 좌절내성 (frustration tolerance)이라는 개념이 있다. 좌절내성은 말 그대로 좌절에 대한 저항력을 말한다. 자신의 뜻대로 되지 않아 좌절하는 상황에 닥쳤을 때 얼마나 저항력을 가지고 버터내는지, 그리고 좌절상황 전의 원상태로 돌아오는 회복력을 의미한다.

갓 태어난 아기는 배고프면 바로 죽을 것처럼 운다. 배고픈 좌절상황에서 울면 누군가(어머니)가 바로 배를 채워준다. 그러나 시간이 지날수록 아기는 자신이 운다고 해서 바로 배가 채워지지 않는다는 것을 알게 된다. 점차 배가 고파도 울음을 참을 수 있는 인내심을 가지게 된다. 조금 있으면 누군가가 배를 채워줄 것을 아는 것이다. 이러한 좌절상황에서 인내하며 기다리는 힘을 키운 아이는 커서도 여러 가지 좌절상황 닥쳤을 때 쉽게 화를 내거나 포기하지 않는다.

우리에게 좌절상황은 생애주기별 모든 시기에 있다. 학교에서 친구들과 잘 지내려고 노력해도 따돌림을 당해 우울감에 빠지기도 하고, 반드시 가고 싶었던 대학에 들어가지 못할 때는 깊은 실망감에 시달린다. 오랜 기간 준비했던 기업에 취업이 되지 않아 자포자기의 시간을 보내기도 한다. 또한 실업으로 인해 가족의 생계를 걱정하거나, 노년기에는 가족과 떨어져 외로이 시간을 보내며 외로움과 싸우기도 한다. 이렇듯 우리는 평생을 살아가며 수많은 좌절을 맞이한다. 그럼에도 어떤 사람은 좌절에 대한 내성을 가지고 있어서 잘 견뎌내는 반면, 어떤 사람은 좌절에 대한 내성이 없어 쉽게 좌절감에서 빠져나오지 못한다. 잘 견디는 사람은 새로운 돌파구를 찾아간다.

좌절하는 상황을 접하고 싶지 않아 쉬운 길만 간다거나, 좌절하는 자신을 보며 자괴감에 빠져 있는 것은 궁극적으로 자신에게 매우 좋지 않다. 그만큼 외부환경의 도전에 약해지기 때문이다. 마치 온실 속의 꽃이나 다름이 없다. 사람은 꽃처럼 언제까지나 온실 속에서만 살 수 없다. 현실은 온실 속의 꽃도 때가 되면 세상 밖으로 나오게 된다.

박찬호 선수는 메이저리그에서 2010년 124승을 거두어 동양인 최다승 투수로 등극했다. 동양인으로서 메이저리그에서 선수생활을 한 것도 훌륭한 일이지만, 그의 다양한 기록은 세계적으로 대단한 화제가 되었다. 하지만 그가 124승을 이루기까지 98번의 패배도 존재한다. 아무도 그가 패한 경기 횟수에는 주목하지 않는다. 많이 이기면 대체로 많이 진다. 반대로 많이 지면 많이 이기게 되는 것이다. 좌절은 누구나 경험한다. 단지 그 좌절 이후에 어떤 변화를 만들어 갈 것인지에 대한 선택은 전적으로 자신에게 달렸다.

핸디캡으로 인해 일상생활에서 많은 좌절의 웅덩이에 빠지기도 하고, 이런 상황이 반복되어 그 정도가 심해지면 무기력감에서 헤어나지 못하게 된다. 나는 어릴 적에 스스로의 힘으로 집에서 나갈 수 없었다. 누군가가 업어서 휠체어에 태워주어야 했고, 동네에 오르막길이 많아서 혼자서 휠체어를 밀고 다니기도 어려웠다. 친구들이 집에 오지 않으면 낮에는 하루 종일 혼자 지냈다.

방에 혼자 있는 동안 창문 밖 하늘을 바라보면서 떠다니는 구름 모양에 따라 상상의 그림을 그리며 시간을 보냈다. 내가 할 수 있는 것은 아무것도 없었다. 좌절감과 무기력감은 나의 친구였고 나를 따라다니는 그림자였다. 어쩔 수 없이,

나는 이런 자신을 매순간마다 받아들이는 훈련을 하게 되
었고, 다시 일어나서 내가 할 수 있는 다른 것들을 찾아 나
섰다. 실력은 없었지만 일반 고등학교로 진학했고, 혼자 살
아보지 않았지만 집에서 떨어져 대학생활을 했고, 무모하
게 웹마스터 학원을 다닌 뒤 지금까지 내가 원하는 일을 계
속 하고 있다. 게다가 좋아하는 사진을 찍을 수 있어서, 그
리고 페이스북에 남긴 시를 읽어주는 친구들이 있어서 행
복하다. 나의 삶에 충분히 만족한다.

좌절감과 무기력감은
나의 친구였고 나를
따라다니는 그림자였다.
어쩔 수 없이,
나는 이런 자신을
매순간마다 받아들이는
훈련을 하게 되었고,
다시 일어나서
내가 할 수 있는
다른 것들을
찾아 나섰다.

나무는 얼지 않는다

길고 추운 겨울밤에도
나무는 얼지 않는다

밤새 쌓인 눈이
나무 위에서 얼어도
나무는 얼지 않는다

얼어버린 땅에서도
긴긴 추위를 얼지 않고 살아내어
봄을 맞이한다.

2.

극복하려 하지 말고
배움의 기회로 삼아라

시간이 없다. 인생은 짧기에,
다투고 사과하고 가슴앓이 하고
해명을 요구할 시간이 없다.
오직 사랑할 시간만이 있을 뿐이며,
그것은 말하자면 한순간이다.

— 마크 트웨인

남들은 몰라도 되고 보지 못하는 것들이지만 나에게는 꼭
거쳐야만 하는 과정이 많았다. 턱걸이 같은 순간들이었다.
마지막 한 번의 턱걸이를 넘겨야만 그 다음의 삶을 살아갈
수 있는 그런 절박함이 항상 내 앞에 펼쳐져 있었다. 하지
만 그 절박함은 오히려 나를 더 건강하고 적극적으로 살아
가도록 해주었고, 무엇보다 평범하게 보이는 일상이 얼마

나 소중한 것인지를 매번 깨닫게 해주었다.

아무리 오래 걸려도 반드시 해야 하는 것

사람의 자유는 스스로 이동하고 움직이는 데서 시작된다. 신체장애가 있는 경우 이동수단을 확보하지 못하면 모든 순간 가족이 함께 움직여 주어야 한다. 이는 가족에게나 본인에게나 상당한 부담이 된다. 때문에 이동수단의 부재로 인한 사회적 단절은 또 다른 핸디캡을 경험하게 한다.

대중교통을 제외하면 자가용이나 오토바이를 이용해야 하는데, 오토바이는 장거리에는 적합하지 않고 차에 비해 위험하기 때문에 자가용을 이용하는 경우가 대부분이다. 나처럼 발로 운전하기 어려운 경우 왼손으로는 액셀과 브레이크가 연결된 손잡이를 움직여야 하고, 오른손으로는 핸들을 조정하여 운전을 한다. 나는 왼쪽 어깨에 힘이 없어서 운전이 불가능하다고 생각했다.

그런데 대학 1학년 여름 방학이 되자마자 어머니는 나에게 운전면허를 따야 한다고 말씀하셨다. 아무래도 나는 운전이 어려울 것 같다고 말하고 싶었지만 차마 입 밖에 낼 수 없었다. 운전이 불가능할 것이라는 생각에 사로잡혀 있으니 시험 준비도 쉽지 않았다. 시험에 합격한다 해도 운전을 못할 가능성이 크니 집중이 되지 않아 공부가 잘 되지 않았던 것이다. 어쨌거나 필기시험은 턱걸이로 합격했다.

코스시험을 준비하기 위해 자동차운전 학원에 다녔다. 2~3일에 한 번씩 2주 정도 다닌 것 같다. 처음 핸들을 잡고 전진 후진을 연습하는데 얼마나 긴장했는지 모른다. 왼쪽 손으로 액셀-브레이크를 움직여야 하는데 전적으로 손목의 힘에 의지해야 했다. 혹시라도 손잡이를 놓쳐서 다른 사람을 치게 되면 어떡하나 하는 두려움이 컸다.

다행히 손목 힘은 강한 편이라 액셀-브레이크 손잡이를 놓치지 않고 조정할 수 있었다. 코스연습을 하면 할수록 운전에 익숙해져 갔다. 마음 한구석에서 조금씩 자신감이 생기기 시작했다. 하지만 이후 코스 시험에서 두 번이나 떨어졌다. 너무 긴장한 탓에 첫 번째 시험에서는 시간초과, 두 번째 시험에서는 너무 빨리 달려 점수미달. 그리고 세 번째 시험에서 합격했다.

다음으로는 휠체어를 차에 싣는 방법을 찾아야 했다. 항상 누군가 옆에서 휠체어를 차에 실어줄 수는 없는 일이었다. 게다가 내가 타고 다니던 휠체어는 병원에서 사용하는 저가형 철제 휠체어라 무척 무거웠다. 나는 친구들에게 수소문한 끝에 가볍고 작은 휠체어를 주문했다. 휠체어 업체에서 휠체어 배달을 오던 날을 잊을 수가 없다.

집에 혼자 있는데 누군가 벨을 눌렀다. 누군가 싶어 나가보니 휠체어를 탄 분이 빙그레 웃으며 기다리고 있었다. 그분은 내게 휠체어 사용법을 친절하게 가르쳐주고, 자신이 타고 온 차로 나를 데려가서 휠체어를 차에 싣는 법을 보여주었다.

먼저 운전자가 운전석에 타고 좌석 등받이를 뒤로 끝까지 눕힌다. 그리고 휠체어를 접고 들어 올려 무릎 위에 올렸다가 앞자리 조수석과 뒷자리 좌석 사이에 집어넣는 식이었다. 휠체어를 들어 올릴 때 왼쪽 어깨가 약해 힘들긴 했지만, 앞으로 혼자서 모든 것을 할 수 있다는 사실만으로도 무척 기뻤다. 20년 넘게 업혀 다니던 어머니의 등에서 독립할 수 있게 된 것이다.

누군가에게는 운전면허가 선택일 수 있지만 내게는 생존의 문제였다. 혼자서 차에 휠체어를 싣고 혼자 운전을 하고 이동하는 것만으로도 내 삶은 완전히 달라졌다. 직장을 가지고 재정적으로나 물리적으로 독립할 준비를 갖추게 된 것이다. 언제까지나 부모님이 내 곁에 있을 수는 없으니 말이다. 시간이 아무리 오래 걸리고, 그 과정이 복잡하고 어려워도 반드시 해야만 하는 것들이 있다. 특히 자신의 힘으로 삶을 꾸리는 것은 필생의 목표로 삼을 만한 일이다. 부족하면 부족한 대로, 일부분 누군가의 도움을 받더라도 스스로 책임과 의무를 갖고 자신의 권리를 찾는 것이 인생에 대한 예의다. 모든 순간 새로운 도전이 주어지고 시시때때로 좌절이 찾아오지만 포기하지만 않는다면 분명 삶은 조금씩 나아지게 마련이다. 내가 살아온 40여 년의 시간이 그 작은 증거 중 하나다.

꿈 꿀 힘만 있다면 다시 시작할 수 있다

2년 정도 재활병원과 건강가정지원센터에서 상담 자원봉사를 한 적이 있다. 상담대학원에 다니면서 상담 임상시간이 필요해서였다. 재활병원에서는 매주 토요일 오전에 두

명의 환자와 상담을 진행했는데, 그중 한 분은 지금도 선명하게 기억에 남아 있다. 젊은 여자 환자였는데 밤에 자가운전을 하던 중 갑자기 차가 뒤집혀 전신마비 장애를 입은 케이스였다.

갑작스런 사고로 장애가 생긴 경우, 장애를 받아들이는 과정은 결코 쉽지 않다. 분노와 우울감이 몰려오고 앞으로 어떻게 살아가야 할지 한없이 막막하기만 하다. 나처럼 어린 시절에 장애가 생긴 경우는 각각의 삶의 과정, 성장기, 청소년기, 성인기, 노년기 등에서 충분한 시간을 두고 장애에 적응해 간다. 반면에 교통사고와 같이 후천적으로 장애가 생긴 경우는 그 충격으로 인해 상당한 기간 동안 장애를 현실적으로 받아들이지 못한다.

통계청 자료(2013년 기준)에 따르면 선천적 또는 출생 시 원인의 장애는 12%이고, 질환 및 사고에 의한 후천적 장애는 81%로 후천적인 경우가 대부분이다. 나머지 7%는 원인불명이다. 각종 예방주사와 의료기술의 발달로 선천적 장애는 줄어든 반면, 교통수단의 발달과 현대사회의 각종 질환이 다양해지면서 후천적 장애는 증가한 것이다. 우리는 누구나 장애를 가질 수 있는 사회에 살고 있다. 우리 모두 잠

재적 장애인이라는 말이 결코 과장은 아닌 것이다.

그 전신마비 환자도 평범한 직장인이었다. 그날 퇴근 시간
도 여느 날과 다를 바 없었다. 그런데 갑자기 차가 뒤집히
며 정신을 잃었고, 눈을 떴을 때는 병상에 누워 있었다고 한
다. 본인의 짐작으로는 다른 차와 부딪친 것 같다고 하지만,
사고 가해자는 나타나지 않았다. 처음 만나던 날, 그녀는 휠
체어에 탄 채 간호사의 도움으로 상담실로 들어왔다. 그녀
는 유일하게 움직일 수 있는 신체는 손가락이라며 아주 조
금 움직여 보였다.

나는 상담을 통해 무엇이 좋아졌으면 하는지 물었다. 이 질
문은 일반적인 상담과정(해결중심)의 질문으로 상담의 목표
를 설정하는 데 있어서 중요한 질문이다. 하지만 첫 질문을
건네면서도 이런 질문이 내 앞에 있는 이 환자에게 과연 필
요한 질문인가 하는 의문이 강하게 들었다. 지난 몇 달 동
안 그녀가 버텨온 고통이 얼마나 컸을지 생각하니 가슴이
먹먹했다.

그녀는 손가락을 더 많이 움직일 수 있으면 좋겠다고 했다.
상담을 통해 좋아질 수 있는 것은 아니었다. 물리치료사에
게 해야 할 말이었다. 하지만 나는 계속 질문을 이어갔다.

손가락이 조금 더 움직이려면 자신이 앞으로 무엇을 해야 할지, 손가락이 더 많이 움직일 수 있게 되면 자신에게 무엇이 좋아지는지 등등 희망적인 이야기들을 이어갔다. 내가 가진 핸디캡에 대해서도 말해주었다. 나는 휠체어를 타고 다니지만 혼자서 운전을 하고 직장생활도 잘 하고 있다고, 지금은 상담대학원을 다니며 자원봉사로 이 병원을 찾아왔다고 했다. 그녀는 기대가 섞인 눈빛으로 나를 보며 자신은 앞으로 방송통신대에서 공부를 하고 싶다고 했다.

그녀와의 상담은 8개월 정도 계속되었다. 한여름에 시작된 상담은 겨울을 지나 봄까지 이어졌다. 그 사이 신체적 호전은 거의 없었다. 때때로 욕창이 심해져서, 또는 물리치료로 몸이 힘들어 상담에 나오지 못하기도 했다. 전신마비 상태에서 점차 좋아진다는 것은 길고도 먼 길이다. 그러나 그녀는 포기하지 않고 꾸준히 자신과 싸워나가고 있었다.

몇 달 뒤 그녀는 퇴원해서 더 이상 상담실에서 만날 수는 없었지만 종종 메신저를 통해 소식을 주고받았다. 얼마 지나지 않아 방송통신대에서 사회복지를 공부하고 있다고 연락이 왔다. 공부를 하면서 궁금한 사항이 있으면 나에게 물어보기도 하고, 내가 공부했던 상담과목 자료를 보내주기도 했다. 지금쯤 어떻게 지내고 있을지 알 수 없지만 어디선가 사회복지사로 일하고 있길 진심으로 바래본다.

그녀가 전신마비라는 엄청난 충격을 받아들이고 새로운 꿈을 꾸게 되는 과정을 지켜보며 나는 큰 배움을 얻었다. 사람은 어떤 악조건에도 적응할 수 있고, 거기서 한 발 더 나아가 새로운 즐거움과 행복을 찾을 수 있다는 것이다. 인간의 의지는 불가능을 가능으로 바꾼다. 자신의 핸디캡을 이해하고 받아들이는 것이 그 출발점이다. 꿈꿀 힘만 있다면 어떤 상황에서도 반드시 다시 시작할 수 있다는 그녀의 가르침은 지금도 내 가슴속에 깊이 간직되어 있다.

그저 담대한 마음으로 나의 길을 가면 된다

신체적 핸디캡이 있는 경우 취업은 막막하다. 자신의 핸디캡과 적성을 고려해서 직장을 알아보는 것이 쉽지 않기 때문이다. 나처럼 휠체어를 타고 다니는 경우 엘리베이터는 있는지, 출퇴근용 차량 주차는 가능한지, 화장실이 휠체어로 접근 가능한지도 중요한 요건이 된다. 그러나 무엇보다 큰 문제는 취업 자체가 쉽지 않다는 것이다. 핸디캡이 없어도 취업 앞에서 당당한 사람은 많지 않을 것이다. 더구나 핸디캡에 대한 인식과 제도적 기반이 미비한 우리나라에서는 더욱 어렵게만 보인다.

대학원을 졸업한 뒤, 처음으로 서울에 있는 어느 복지관에 입사서류를 제출하고 필기시험을 치렀다. 채용인원이 1명이었음에도 필기응시자가 상당히 많았다. 시험이 끝나고 나오는데 기분이 우울했다. 영어시험이 있었는데 굳이 복지관에서 영어가 필요한지도 모르겠고, 이런 경쟁 속에서 어떻게 취업을 할 수 있을까라는 생각이 맴돌았다. 사회복지를 전공하고 대학원도 졸업했지만, 대부분의 복지 현장은 대상자들에게 복지서비스를 제공하기 위해서 몸으로 해야 할 일이 많다. 소수의 인력이 많은 일들을 감당하는 것이 사회복지 현장이다. 여직원들도 무거운 짐을 날라야 하고 직접 큰 차량도 운행해야 하는 경우도 빈번하다. 나처럼 휠체어로 할 수 있는 일이 얼마나 있을까 하는 생각이 머리에서 떠나지 않았다.

대학원 졸업식을 몇 주 앞두고 학과장 교수님이 부르셨다. 나에게는 대학원 지도교수님도 아니었고 평상시 자주 찾아

뵙지도 못했는데 갑자기 불러서 얼떨떨한 상태로 찾아뵈었
다. 교수님은 내게 취업이 어떻게 준비되고 있는지 물어보
시며 장애인고용촉진공단에 응시해보라고 권해주셨다. 교
수님의 격려에 진심으로 감사한 마음이 들었다. 막막하고
용기가 나지 않았던 나에게 큰 힘이 되었다. 얼마 후 졸업
식 날 지도교수님을 만났다. 교수님은 취업을 걱정하며 개
인적으로 추천해주지 못해 아쉬워하셨다.

대학원까지 7년을 보낸 대구를 떠나 집이 있는 서울로 올라
왔다. 친구도 별로 없고 선배들도 없는 서울이 오히려 낯설
었다. 아무 연고도, 아는 사람도 없이 무작정 대구에서 대
학생활을 시작했던 것처럼, 다시 서울에서 모든 것을 새롭
게 시작해야 했다. 어느 직장의 문부터 두드려야 할까? 과
연 나를 받아주는 직장은 있을까? 나는 재정적으로 독립할
수 있을까?

내가 첫 취업을 준비 중이었던 시기는 90년대 후반이었다.
그 시기의 장애인 고용환경은 지금보다 훨씬 열악했다. 당
시 특별히 가고자 했던 직장은 없었기에 학과장 교수님이
말씀해주셨던 장애인공단에 집중하기로 했다. 그렇다고 해
서 내가 특별히 할 수 있는 것은 없었다. 누구나 아는 명문

대학을 나온 것도 아니고 영어실력도 그리 좋지 않았기 때문에 나보다 스펙으로나 실력으로나 더 좋은 취업준비생들은 훨씬 많았다. 그나마 대학원을 졸업한 것 외에는 경쟁력이 없어 보였다.

기나긴 고심 끝에 자기소개서를 잘 준비하는 것만이 지금 내가 할 수 있는 최선이라는 판단이 들었다. 자기소개서에서 나를 충분히 보여주지 못하면 아무런 희망이 없어 보였기 때문이다. 며칠 동안 자기소개서에 매달렸다. 자서전 한 편이 나올 지경이었다. 구구절절해서는 절대 안 될 것이며 명료하면서도 희망적이면서 의지가 드러나도록 계속 고치며 다듬어갔다.

입사지원서를 제출하고 한 주가 지났다. 다른 복지관이나 단체에도 원서를 제출하고 취업을 준비해야 했는데 아무것도 손에 잡히지 않았다. 아는 곳도 없고 물어볼 사람도 없어서 손을 놓고 있었던 것이나 다름없었다. 그러던 어느 날 전화연락이 왔다. 합격통지였다. 너무나 기뻤다. 장애인공단이었기 때문에 장애인 채용의 문이 더 열려 있었지만 그만큼 경쟁이 만만치는 않았다. 열심히 원서를 준비하긴 했지만 막상 채용통지를 받고 보니 어떻게 합격이 된 것인지

의아했다.

신입직원 교육이 성남에 있는 본부에서 2박3일 일정으로 진행되었다. 신입직원들은 20명 정도였는데, 나처럼 휠체어를 탄 장애인 한 명과 다른 장애인도 몇 명 눈에 띄었다. 장애인 관련 업무를 하는 곳으로 알고 지원해서였을까, 신입동기생들 모두 친절하고 성실해보였다.

교육 첫날 맨 앞자리에 앉게 되었다. 첫 시간이어서 이사님이 나와 인사하는 시간을 가졌다. 이사님은 간단히 격려사를 마친 뒤 서류철을 펴더니 "자기소개서에서 산소 같은 남자라고 소개한 사람 있죠?"라며 우리를 둘러보셨다. 나는 조심스럽게 손을 들었다. 이사님 얼굴에 미소가 번졌다. 나의 자기소개서가 참 인상적이었다고 칭찬하며 격려의 말씀을 전해주셨다. 끝없는 자기성찰과 반성, 핸디캡 뒤에 숨지 않는 담대함이 눈에 띄었다는 것이다.

두려움과 위축감 속으로 파고들던 자신을 이겨내고 새로운 배움을 얻고자 하는 의지와 희망을 드러내는 것만으로 내게 기회가 주어졌던 것이다. 그날 이후 나는 더 이상 나의 핸디캡과 싸우지 않게 되었다. 두려워 떨지도 않고, 애써 감추려 하지도 않고, 과장되게 포장하려 하지 않으며 조용히 나의 길을 가는 것, 그것이 나를 잡아주는 힘이 되었다.

도전하는 자에게는 분명 길이 열린다

건강악화로 첫 직장을 그만둔 뒤 몇 달 요양을 했다. 몸이 좀 나아지자 뭔가 새로운 공부를 해야겠다는 생각이 들기 시작했다. 무작정 강남역 앞에 있는 웹마스터 학원을 찾아 갔다. 강남 테헤란로를 중심으로 벤처기업들이 우후죽순처럼 생겨나던 때였다.

나는 사회복지 분야도 앞으로 인터넷상에서 활발한 움직임이 있을 것이라 예상했다. 그리고 인터넷에서는 내가 가진 핸디캡도 문제될 것이 없었다. 사회복지 지식과 웹 기술을 가지고 있다면 어디서든 무엇인가를 할 수 있을 것이라는 확신이 들기도 했다.

직접 운전을 해서 이동해야 하는 나로서는 강남에 차를 가지고 가는 것이 매우 어려운 일이다. 주차가 쉽지 않을뿐더러 주차비도 비싸고 차와 사람도 많아 휠체어를 타고 이동하기도 불편하다. 강남역 주위를 배회하다가 큰 간판을 보고 빌딩 안으로 들어갔다. 처음 찾아간 학원이었는데 규모도 큰 편이고 강사 구성도 잘 되어 있는 것 같아 3개월 수강신청을 했다.

첫 수업시간. 나를 포함한 20명 남짓의 학생들이 컴퓨터 앞에 앉아 있었다. 당시 내 나이는 20대 후반이었는데 다른 학원생들은 열아홉, 스무 살이 대부분이었다. 당시 강남을 중심으로 벤처기업이 번창하고 인력도 많이 필요한 상황이어서 웹마스터 학원도 많이 생겼다. 그래서 취업을 준비하는 어린 학생들이 학원으로 몰렸던 것이다. 나도 그 사이에 어색하게 끼여 있었다. 하지만 장애에 구속받지 않는 새로운 세상을 알아가는 재미와 기대감이 컸다. 포토샵, 플래쉬, 드림위버, ASP, MS-SQL 등 기본적인 웹 기술을 배웠다. 나에게는 그 모든 배움이 신세계였다.

배움은 누구에게나 중요한 가치와 의미를 지닌다. 배움은 자신의 재능을 찾아가고 가족으로부터 독립하여 스스로의 삶을 살아가는 데 기반이 되어준다. 학업이든 직업기술이든 할 수만 있다면 끊임없이 배워야 한다. 특히 핸디캡이 있는 경우, 배움 외에 경쟁력을 가질 수 있는 방법이 없다. 배움은 핸디캡을 넘어서게 하고 자기 자신을 넘어서도록 해준다. 그리고 삶의 영역을 무한히 확장시켜준다.

하지만 다시 직장을 잡는 일은 만만치 않았다. 사회복지 전공과 웹 기술을 함께 필요로 하는 직장을 원했지만 내 입에 딱 맞는 일이 냉큼 주어질 리 없었다. 휴직기간이 길어지자 어머니가 걱정하시는 것이 느껴졌다. 하지만 나는 초조해하지 않았다. 뜻을 가지고 새로운 공부에 도전했으니 분명 그에 걸맞은 일을 하게 될 것이라는 믿음이 있었던 것이다. 기회는 대학 친구들을 통해 다가왔다. 전공이 같다 보니 친구들 모두 관심사가 비슷하고 사회복지 단체에서 일하는 경우가 많았다. 그 중 한 친구에게 내가 새로이 공부하고 있는 분야에 대해 이야기했더니 몇 달 뒤 그 소식을 전해들은 다른 친구에게서 연락이 왔다. 자신이 일하고 있는 단체에서 나처럼 사회복지 전공과 웹 기술을 필요로 하는 사람을 찾고 있다는 것이다. 그렇게 사회 초년생 시절 긴 안목을 갖고 준비했던 웹마스터 과정이 지금까지 NGO에서 일할 수 있는 기반을 만들어주었다.

15년 전, 스무 살 친구들과 함께 학원에서 공부하던 순간이 이제는 추억이 되었고, 그 동안 NGO에서 일하면서 멋진 순간들과 소중한 친구들을 만날 수 있었다. 신체장애가

있건 또 다른 핸디캡이 있건 비전을 갖고 자신의 분야에 집
중하다 보면 분명 길이 열리게 되어 있다. 아무런 준비 없
이 운 좋게 다가오는 기회를 바라거나 엉뚱한 방향을 바라
보고 있다면 시간 낭비일 뿐이다. 돈으로도 살 수 없는 것
이 시간이다. 아침마다 주어지는 하루를 도전의 역사로 만
들다 보면 한 달 뒤, 1년 뒤, 분명 달라져 있는 자신을 만나
게 될 것이다.

휠체어에 날개를 달아주는 인터넷

나는 네이버카페 '중고나라'를 종종 이용하는데, 구매하고
싶은 물품이 있으면 네이버카페 어플리케이션을 설치하고
관심 물품 키워드를 몇 개 등록해 놓는다. 이후 키워드를 포
함한 게시물이 웹사이트에 올라오면 스마트폰 알람창이 나
타나 바로 확인할 수 있다. 그래서 누구보다 빨리 연락해서
원하는 물건을 구입한다. 나는 이런 방식으로 카메라와 렌
즈, 전자제품 등을 저렴하게 구매했다. 이와 같은 방법으로
인터넷뉴스나 SNS도 내가 원하는 소식만 선별해서 본다.

온라인 카페 커뮤니티를 활용하면 나보다 많은 지식과 경험을 가지고 있는 사람들을 만날 수 있다. 오래 전, 상담대학원을 가고 싶은데 아는 사람도 없고, 도움을 받을 만한 곳도 아는 데가 없어 막막한 때가 있었다. 어느 날 인터넷을 뒤지다가 상담분야를 공부하고자 하는 이들이 모이는 카페가 있는 것을 알게 되었다. 바로 가입했다. 하지만 바로 원하는 정보를 받을 수가 없었다. 정회원이 되어야만 가능했기 때문이다. 며칠 동안 매일 방문하고, 전혀 모르는 사람들의 글에 댓글을 달며 회원등급이 올라가길 기다렸다. 결국 등업이 되어 제대로 된 카페회원으로서 질문도 하고 다른 회원들의 글을 보며 대학원 준비를 할 수 있었다.

우리는 네트워크로 연결된 세상에 살고 있다. 시골의 가정집에서도 NASA 우주정거장에서 보는 지구를 볼 수 있고, 뉴욕 시내의 도로교통 상황을 알 수도 있다. 디도스 공격으로 한 나라의 주요시설이 마비가 되기도 하며, 랜섬웨어로 인해 중요한 데이터가 암호화되어 막대한 비용을 지불하기도 한다. 누구나 인터넷에서 폭탄 만드는 법을 알아낼 수 있어서 테러의 위험은 더욱 높아지고, 집에서 3D프린터로 권총까지 만들어낼 수 있는 세상이 되었다.

대형 패밀리 레스토랑이 예전의 인기를 누리지 못하는 이유 가운데 하나는 모바일 웹과 SNS를 통해 각자의 취향에 따라 맛집을 쉽게 찾아다니기 때문이다. 미국에서는 수십 년간 인기를 누려왔던 백화점들은 최근 들어 매출이 대폭 줄어들었고, 수천 개의 소매점들이 문을 닫고 있다. 온라인 쇼핑몰 아마존을 대표로 하는 시장경제의 재편에 따른 결과다. 네트워크의 발달로 시장경제가 바뀌고 있는 것이다. 나 역시 사진에 대한 모든 정보를 온라인에서 얻는다. 카메라 장비는 반드시 새 제품을 고집할 필요가 없어서, 온라인 중고시장에서 알아본 뒤 판매자를 오프라인에서 만나 직거래한다. 촬영 기술도 블로그나 카페에서 정보를 얻어서 불꽃놀이와 밤하늘을 촬영하러 갔고, 사진교육을 받고 싶을 때는 온라인에서 강좌를 알아본 뒤 오프라인에서 교육을 받았다. 최근에는 컴퓨터 부품을 교체했는데 작동되지 않아 해당 부품 온라인 카페에서 답을 얻어 해결한 적도 있다. 또한 우리나라에서 구하기 어려운 카메라와 컴퓨터 부품은 해외직구를 통해 얻었다.

나는 휠체어를 타고 다니지만 쇼핑을 하고 취미생활을 하는 데 불편함이 거의 없다. 내가 불편함을 느끼는 경우는 돈이 모자라 더 비싼 장비를 사지 못하는 경우, 그리고 멋진 풍경을 찍기 위해 높은 산을 올라야 하거나 맘 편히 해외에 나가지 못하는 경우뿐이다. 이런 불편들은 부자가 아닌 이상 누구나 겪을 수 있는 불편일 것이다. 기술과 네트워크의 발달로 신체적 장애는 더 이상 핸디캡이 되지 않는다. 모든 것이 대체 가능하지는 않을지라도 광범위한 영역에서 핸디캡의 제한을 받지 않는 것이 사실이다.

정보는 장애인에게 날개를 달아준다. 현실에서는 불가능하지만 온라인상에서는 가능하게 해준다. 노력한다면 정보를 통해 얼마든지 도움을 받을 수도, 도움을 줄 수도 있다. 이제는 핸디캡이 있어서 잘 모른다든지 또는 할 수 있는 게 없다는 말은 더 이상 통하지 않는다.

핸디캡과 친해진다는 것의 의미

나는 어릴 적부터 핸디캡은 극복하는 것이고, 핸디캡이 있음에도 무엇인가 할 수 있다는 것을 보여주어야 한다고 배웠다. 특수학교에 다니면서 장애인체전 행사지원을 나가면 언제나 큰 글씨로 써 붙인 "할 수 있다"란 표어가 보였다. 장애인도 사회에 무언가 기여할 수 있고, 무엇이든 할 수 있음을 보여줘야 했다. 이것이 장애인복지 현장에서의 분위기였다. 당시에는 장애인을 포함하여 모든 사회 구성원이 핸디캡을 배워가는 시기였다.

지금은 많은 것이 달라졌다. 장애인이나 소수자에 대한 배려와 복지 개념이 일반화되었다. 복지국가에서는 개인에게 주어진 능력이나 환경에 제약받지 않고 국가가 일정 수준 이상의 삶을 살아갈 수 있도록 해준다. 핸디캡이 있어도 사회에서 정상적인 생활을 할 수 있도록 해줘야 하는 것이 국가의 일이다. 핸디캡은 이제 개인이 극복해야 하는 그 무엇이 아니라, 국가가 제도적 지원을 해야 하고 기본적인 인간의 권리를 보장하는 측면에서 보호해 주어야 하는 대상인 것이다.

개인에게 핸디캡은 배워가는 것이다. 개인도 가족도, 더 나아가 지역사회도 배워가는 것이다. 나는 핸디캡을 가진 한 사람으로 살아가면서 핸디캡을 극복하고 핸디캡이 없는 사람들과 비슷하게 살아가기 위해 노력했다. 하지만 더 이상은 극복하려고 하지 않는다. 극복하는 것이 아니라 배워가고 있다. 몸이 핸디캡을 안고 있다고 해서 부정적인 대상이 될 수는 없다. 내 몸을 부정하는 결과만 가져올 뿐이다. 핸디캡은 알아가고 이해하며, 때로는 사람들에게 가르쳐줘야 하는 것이다.

평생 핸디캡을 안고 살아왔다고 해서 언제나 익숙하고 자연스러운 것은 아니다. 몸의 지체들은 본래 각각의 역할이 있고 정상적인 기능을 해야만 일상생활에서 불편함 없이 지낼 수 있다. 팔은 팔이 해야 할 역할이 있고 발은 발이 해야 할 역할이 있다. 그러나 몸의 일부 지체가 제 역할을 하지 못하면 다른 지체들이 그 기능들까지 감당해 내야 하기 때문에 무리가 되기 쉽고, 어떤 일을 수행하는 데 시간이 더 오래 걸리기도 한다. 발이 제 역할을 하지 못하면 팔과 다른 지체가 발의 역할의 수행해야 하는데 본래 하던 역할이 아니기에 시간과 노력이 더 들게 되는 것이다.

자신의 핸디캡에 익숙해지고 적응한다고 해서 핸디캡의 불편이 없거나 의식되지 않는 것은 아니다. 일상의 매순간 느끼고 직면하게 되는 것이 핸디캡이다. 대부분의 핸디캡은 적응과 노력이 계속해서 투여된다. 핸디캡에 익숙해진다고 해서 핸디캡이 없는 것처럼 편하게 살 수는 없다. 핸디캡과 친해진다는 것은 핸디캡에서 오는 불편을 이전보다 조금 더 자연스럽게 받아들이고, 자기 자신과의 소모적인 갈등과 좌절을 줄여나가는 것을 의미한다.

나는 왼쪽 어깨에 힘이 없어서 휠체어를 미는 데 어려움을 겪곤 한다. 평탄한 길은 쉽게 다니지만 오르막길이 있으면 양팔에 동일한 힘을 주고 밀 수가 없어서 오른쪽 어깨에 힘이 더 들어가게 된다. 샤워하기, 옷 갈아입기, 용변 보기, 차에 오르고 내리는 것 등 모든 일을 오른팔 중심으로만 하기에 시간이 더 필요하고, 피로감은 더 빨리 오게 된다.

자신의 핸디캡에 익숙해지기 위해서는 자신만의 목표기준을 세워야 한다. 그래야만 무리하지 않게 되고, 실패감에 빠지지 않게 된다. 예를 들어, 휠체어를 타고 다니는 내가 다른 사람들처럼 대중교통으로 출근하는 것을 목표로 가진다면, 출근하는 데 온 힘을 다 써버려서 사무실에서 일할 수 있는 에너지는 남아 있지 않을 것이다. 그리고 업무에 차질이 생기며 좌절감도 들게 될 것이다. 나 같은 경우는 자가용으로 출퇴근을 하는 것이 훨씬 효율적이다. 차량 유지에 들어가는 비용이 많아질 수밖에 없지만 일을 하기 위해서는 어쩔 수 없는 선택이다. 또한 자가용은 핸디캡의 제약 없이 사람들을 만나고 삶의 만족도를 높여가기 위한 소중한 도구가 되어주기도 한다.

신체적 핸디캡이든, 보이지 않는 심리적 핸디캡이든, 핸디캡을 스스로 인지하고 자신의 일부로 수용하고 있다면 이미 절반은 핸디캡 배우기에 성공한 것이다. 많은 사람들이 핸디캡을 받아들이지 못하고 부정하며 살아간다. 그만큼 주어진 삶을 소모하고 있는 경우가 많다. 핸디캡을 자신의 것으로 인정하고 받아들이는 만큼 새로운 세상은 더욱 빨리 열리게 된다.

핸디캡과 친해지기 위해서 주위 사람들에게 일일이 알리고 설명할 필요는 없지만, 반대로 굳이 숨길 필요도 없고 필요하다면 충분히 알리는 것도 좋다. 주위 사람들이 나의 핸디캡을 이해하고 적절히 알수록 나의 삶은 조금 더 편해지고 주위 사람들도 함께 편해진다. 주위 사람들이 나의 핸디캡을 아는 것을 나의 약점을 알게 되는 것으로 착각해서는 안 된다. 물론 약점이 되어 사람들의 공격을 받을 수도 있다. 그러나 대부분의 사람들은 오히려 나를 배려해주고 더 자유롭고 건강하게 살아갈 수 있도록 도와줄 것이다.

핸디캡이 있다면 선택과 집중이 필요하다. 이미 자신의 능력과 자원은 한정되어 있거나 부족하다는 것을 충분히 알고 있어야 한다. 마음 같아서는 핸디캡을 극복하고 모든 것을 해보고 싶고 도전하고 싶겠지만, 자신의 미래를 위해서 절대 무리할 필요는 없다.

나는 고등학교 졸업한 뒤 아침을 거의 먹지 않았다. 아침잠이 많은 편이라 대학 때부터는 거의 먹지 않게 된 것도 있지만, 특히 직장생활을 하기 시작한 뒤에는 전혀 아침식사를 하지 않는다. 이른 아침에는 출근차량이 많아 장시간 운전을 해야 하고, 출근 후에는 바로 업무에 들어가야 하다 보니 화장실 이용이 자유롭지 못한 나로서는 아침을 거르는 것이 훨씬 낫다. 더욱이 속이 예민한 편이라 조금이라도 불편하면 화장실에 가야 하는 번거로움이 있어서 먹지 않는 것이 훨씬 편하다.

아침에는 공복이어서 활동량이 많은 일은 주로 오후에 하고, 오전에는 업무일정 점검이나, 업무계획, 데이터 분석에 집중한다. 장시간의 회의가 필요한 경우는 되도록 오후에 잡으려고 한다. 오전부터 열띤 회의를 하다보면 배터리가 부족한 인형처럼 되어 버리기 때문에 체력적인 균형을 잃지 않기 위해 조정한다.

자신의 핸디캡과 몸의 특성, 그리고 심리적인 성향 등을 잘 알고 있는 만큼 스트레스 조절, 대인관계, 업무성과에서 좋은 결과를 가져올 수 있다. 자신이 할 수 있는 영역과 분량을 잘 보고 결정해야만 불필요한 실패감에 빠져서 허우적거리지 않는다. 진취적인 도전은 좋지만 무모한 시도는 자신을 상하게 할 뿐이다. 그래서 자신의 핸디캡을 적절히 배워가고 익숙해져야 한다. 자신의 핸디캡을 알아가고 이해하고 수용해야만 핸디캡을 개성의 일부로 여길 수 있다. 핸디캡을 통해 자신의 한계를 설정하게 되고, 한계를 넘어설 수 있는 영역을 보다 명확하게 찾을 수 있게 된다.

꽃은 비를 맞고 핀다. 비를 맞지 않고 피는 꽃은 없다. 꽃은 내리는 비를 있는 그대로 맞고, 햇빛을 받아 꽃을 피운다. 우리가 꽃이라면 비는 핸디캡이나 약점, 또는 다른 어려움일 수 있다. 그리고 햇빛은 가까운 사람들일 것이다. 이미 많은 비를 맞았다면, 이제는 꽃을 피울 일만 남았다. 그 비가 훌륭한 양분이 될 것이다. 그 양분으로 어떤 꽃을 피울지는 온전히 자신의 선택이다. 꽃을 피우고자 한다면 당신의 사람들이 햇빛이 되어 도와줄 것이다. 지금까지 충분히 힘들었다면 이제 드디어 꽃을 피울 시간이다.

꽃은 비를 맞고 핀다.
비를 맞지 않고 피는
꽃은 없다.
꽃은 내리는 비를
있는 그대로 맞고,
햇빛을 받아
꽃을 피운다.
우리가 꽃이라면
비는 핸디캡이나 약점,
또는 다른 어려움일
수 있다.

낮은 데서

낮은 데서 바라보는 하늘은 더 높다
낮은 데서 바라보는 세상은 더 넓다
낮은 데서 바라보는 땅은 더 깊다

낮은 데서 바라보는 사람은 더 아름답다
낮은 데서 바라보는 마음은 더 따뜻하다
낮은 데서 바라보는 너는 더 사랑스럽다.

3.

핸디캡을 잡지 말고
자신을 잡아라

나는 환경의 산물이 아니라,
내가 한 선택의 결과이다.

― 스티븐 코비

핸디캡은 나에게 '보이는 세계의 한계'에서 '보이지 않는 세계의 무한함' 알게 해주었다. 핸디캡으로 순간순간 눈앞에 나타나는 한계에 부딪혀 무기력해지고 지치기도 한다. 작은 계단 하나 앞에서 실망하고, 짧은 오르막길에서 숨이 차고, 화장실 입구가 좁아 들어갈 수 없어 답답한 일상은 언제나 가까이에 있다. 가고 싶은 곳에 마음껏 가지 못하고, 좋아하는 사람과 거리에서 자유롭게 다니지 못하고, 눈이 쌓인 아름다운 산길, 그리고 바닷가 모래사장에서 심장이 터질 만큼 달려갈 수 없는 한계들. 핸디캡이 나에게 가져다주는 '보이는 세상의 한계'다.

그럼에도 살고자 하는 의지는 강해졌고, 쓰러지지 않기 위해 버둥거리며, 보이지 않는 세계를 찾고 발견해갔다. 사랑, 신뢰, 믿음, 희망, 미래, 관계, 그리고 배려와 공감. 보이지 않는 세계에서 알게 된 것들이다. 핸디캡은 나에게 사랑의 힘이 얼마나 강한지를, 신뢰와 믿음이 얼마나 중요한지를 깨닫게 해주었고, 희망과 미래, 그리고 관계가 얼마나 삶의 큰 버팀목이 되는지를 보여주었고, 배려와 공감이 삶에 대한 기대를 줄 수 있음을 알게 해주었다.

보이는 세상에만 의지해서 살아가다 보면 자신이 한없이 작아지지만, 보이지 않는 세상을 의지해서 살아가면 보이는 세상은 그저 작은 세계일 뿐이다. 보이는 세상이 작아지면 절망이 가득했던 감정의 소용돌이도 작아져서, 잠시 흔들릴 수는 있어도 쓰러지지는 않는다. 가족들, 친구들, 학교와 인생의 스승들, 지난 시간 나의 옆에 있었던 사람들, 그리고 지금 함께 있는 사람들, 삶의 중요한 순간에 내가 가야 할 길을 가르쳐준 성경과 수십 권의 소중한 책들은 보이는 세상에서 내가 결코 작은 사람이 아니라는 것을 알려주었다.

운전을 하다가 멀리서 펄럭이는 태극기를 본 적이 있다. 파란 하늘을 배경으로 휘날리는 태극기가 정말 멋져보였다. 며칠 동안 파란 하늘을 배경으로 펄럭이던 태극기가 머릿속에서 지워지지 않았다. 그리고 아주 단순한 사실을 새삼스럽게 깨달았다. 태극기가 멋지게 보였던 것은 전적으로 바람 때문이라는 것을 말이다. 태극기는 혼자서 펄럭이지 않는다. 바람이 없으면 축 늘어진 채로 걸려 있다. 그러나 바람이 불면 활짝 펴져서 멀리서도 알아볼 수 있게 된다. 바람은 보이지 않지만 태극기를 움직여 휘날리게 한다. 보이지 않는 세계는 바람과 같다. 보이지 않아도 태극기를 움직이는 바람처럼, 보이지 않아도 사람을 움직이게 하는 '보이지 않는 세계'가 있다. 핸디캡은 보이지 않는 세계에서 살아가는 방법을 알려주었다.

어깨를 짓누르는 삶의 무게를 덜어내는 방법

어느 날 오른쪽 어깨가 갑자기 아파오기 시작했다. 병원에 갔더니 염증이란다. 바로 관절염이다. 이제 40대 초반에 무슨 관절염인가! 앞으로 20~30년 후에나 걸려야 할 병이 왜 벌써 나에게 왔을까. 병원에서 해줄 수 있는 것은 진통소염제 처방뿐이었다. 한 달 동안 병가를 내고 요양을 하며 병원들을 찾아다녔다. 대형병원에 가서 MRI도 찍고 진단도 받아봤지만 해결책이 보이지 않았다. 이대로라면 직장생활도 할 수 없을뿐더러 일상생활 자체가 어려워 아무것도 할 수 없었다.

내 몸에서 가장 힘을 많이 사용하는 부위가 오른팔이다. 몸의 감각은 살아 있지만 근육은 발달하지 못해 양발과 왼팔 사용이 불편하다. 다행인 것은 왼쪽 손은 움직일 수 있어서 운전과 컴퓨터 키보드 작업은 가능하다. 나는 몸무게에 예민한 편이다. 몸이 무거워지면 그만큼 움직이는 데 힘이 들기 때문이다. 평상시는 휠체어를 밀고 다녀야 하고, 운전을 하기 위해서는 휠체어를 들어 차에 실어야 한다. 오른팔로 대부분 생활하기 때문에 몸이 무거워지면 체력소모도 커지고 활동에 부담이 된다. 그러니 내 오른쪽 어깨가 짊어진 삶의 무게가 만만치 않다.

오른쪽 어깨에 탈이 생기고 보니 절망감이 몰려왔다. 오른쪽 팔마저 쓸 수 없게 된다면 어쩌나 하는 근심에 무력하게 몇 주를 보냈다. 보다 못한 어머니는 당신이 족저근막염으로 고생할 때 치료받았던 병원으로 나를 데리고 가셨다. 부위는 달랐지만 어머니가 신뢰하는 의사와 상담이라도 해보자는 생각이셨다. 다행히 그는 어머니를 기억하고 있었고 내게도 친절했다.

이전 병원들에서 찍은 엑스레이와 MRI, 그리고 초음파 사진 등을 모두 확인한 뒤에 집중치료에 들어갔다. 치료제가 들어간 주사와 영양주사, 도수치료를 병행했다. 의료보험이 되지 않는 치료라서 비용이 매우 높았다. 한 달 새 300만 원이 넘게 나갔다. 그래도 치료만 될 수 있다면 비용은 문제가 되지 않았다. 다행히도 어깨 염증은 호전되기 시작했고 얼마 지나지 않아 사무실에 다시 출근할 수 있었다.

치료를 받는 동안 나는 어깨에 무리를 주는 활동이 무엇인지 하나하나 점검했다. 휠체어 밀기, 휠체어에 올라타기, 화장실 가기, 그리고 휠체어를 들어 차에 싣기 등 팔을 사용하지 않을 때가 없었다. 휠체어 무게는 12kg이 조금 넘는다. 아무리 생각해봐도 문제는 무거운 휠체어였다. 무거운 휠체어를 들어서 차에 실을 때 어깨에 무리가 간 것이 분명했다. 그래서 인터넷으로 가벼운 휠체어를 알아보았다. 가격이 상상을 초월했다. 물론 비싸다는 것을 알고는 있었

지만 막상 구매를 하기 위해 인터넷을 뒤져보니 보통 400
만 원, 더 가볍고 눈에 들어오는 휠체어는 500만 원, 800만
원을 호가했다. 카드할부로 중간 가격의 휠체어를 구매했
다. 선택의 여지가 없었다. 1kg이라도 더 가벼운 휠체어를
사야만 했다. 그러지 않으면 다시 어깨에 염증이 생길 것
이 분명했다.

지난번에 타고 있던 휠체어는 노란색이었다. 어머니는 왜
그렇게 튀는 색상으로 했냐고 한마디 하셨는데, 새로 바꾼
휠체어는 진한 빨강색이다. 주위사람들은 휠체어 가격을
듣고 놀라며 빨간 스포츠카 '득템'했다고 축하해주었다. 두
달 사이 어깨치료와 휠체어 구매로 수백만 원의 카드지출
이 발생했고, 더구나 휴직기간 동안은 무급이었기 때문에
실질적인 지출은 거의 1천만 원 정도였다. 그해 1년은 열심
히 일해서 카드빚만 갚다가 다 지나가 버렸다.

하지만 건강을 다시 찾을 수 있으니 얼마나 감사한 일인가!
다시 일할 수 있다는 것, 다시 일상생활을 할 수 있다는 것,
무엇보다 혼자서 움직일 수 있다는 것 자체가 엄청난 축복
이라는 것을 다시 깨달았다. 나에게 주어진 일상이 기적이
었다. 기적 같은 일상을 계속 살아가기 위해서 어깨 위의 짐

을 덜어내 몸이 무거워지지 않도록 관리하고 나를 조금 더 아끼며 살기로 다짐했다.

그런데 어깨가 아팠던 시기가 지난 뒤 부족용이 하나 생겼다. 엄살이 많이 늘어난 것이다. 나에게는 긍정적인 변화다. 엄살이라는 단어는 그동안 내 인생사전에는 없었지만, 이번에 자주 사용하는 단어로 등록했다.

킬링필드에서 찾은 1미터 높이의 세상

2주 일정으로 캄보디아에 자원봉사를 다녀온 적이 있다. 이때 우연히 손에 쥐게 된 카메라는 내게 1미터 높이의 새로운 세상을 보여주었다.

자원봉사 일주일째 되던 날, 봉사 팀은 계획된 프로그램을 진행하느라 정신이 없었다. 나는 얼떨결에 동료직원의 부탁으로 디지털 카메라를 들고 초등학생들의 수업 모습을 찍게 되었다. 순간 내가 어떻게 사진을 찍을까 하는 걱정이 엄습했지만 어쩔 수 없이 찍기 시작했다. 일이 아니었다면 결코 카메라를 들 생각을 못했을 것이다. 나의 양손은 항상 휠체어를 밀기 바빴고 휠체어에 앉는 상태로는 사람들의 눈높이에 맞춰 사진을 찍을 수 없었기 때문에 선뜻 찍고 싶은 마음이 들지 않았다.

운동회 예행연습을 하던 때였다. 운동회를 처음 접해본 아이들은 모든 것을 신기해하면서도 낯설어하기도 했다. 친구들과 경쟁이라는 것을 경험해보지 않아서였을까. 100미터 달리기를 위해 출발선에 서고, 호루라기가 울려 아이들이 달리기 시작했다. 그런데 아이들이 다 같이 손을 잡고 뛰어가는 것이 아닌가! 봉사자들이 열심히 설명했지만 아이들은 의아한 눈빛으로 우리를 바라보았다. 다음은 밀가루 속에 숨겨져 있는 사탕을 먹고 달리는 시간. 몇몇 아이들이 얼굴에 밀가루를 묻힌 채 울기 시작했다. 우리나라 운동회에서는 가장 웃기고 재미난 시간이었지만, 경쟁해서 뛰어야 하고 억지로 밀가루를 얼굴에 묻혀야 하는 것이 캄보디아 아이들에게는 벌칙처럼 느껴졌던 것이다. 우는 아이들의 모습을 보며 웃음이 나기도 했고 뭔가 모를 따스함이 느껴졌다. 어쩌면 우리가 아이들에게 경쟁심을 심어주고 다른 사람을 이겨야 한다는 것을 가르쳐주는 것은 아닐까. 오히려 아이들이 우리에게 경쟁하지 않고 살아가는 방법을 가르쳐주고 있었다.

말이 잘 통하지 않아 충분한 설명이 되지 않은 채로 연습이 진행되었지만 봉사자들과 아이들은 서로의 모습을 점차 받아들여갔고 함께 즐기기 시작했다. 다 같이 손잡고 달려가도 박수를 쳐주었고, 문제가 되었던 밀가루를 뺀 사탕 먹고 달리기는 가장 인기 많은 종목이 되었다. 그리고 아이들은 결승점을 지나서는 모두 나에게 달려왔다. 내가 찍은 자신의 얼굴을 보는 것이 마치 경기의 마무리라도 되는 것인 양 한 번씩 보고 가는 것이었다. 즐거워하고 신기해하는 아이들의 얼굴은 모두 천사의 모습이었다. 나와 아이들의 눈높이는 같았다. 내가 보는 1미터 높이의 세상은 이렇게 펼쳐지기 시작했다.

캄보디아 봉사가 끝나고, 한국으로 돌아온 지 얼마 안 되어 작은 카메라를 하나 샀다. 한 번도 사진을 찍어볼 생각도 못했던 나에게는 놀라운 변화였다. 휠체어에서 손을 떼고 다른 무언가를 잡고 해본다는 것. 내 손이 휠체어에만 붙잡혀 있어야 했던 것은 아니었다. 그리고 휠체어에 앉아 있는 내가 굳이 서 있는 사람들의 눈높이를 맞추지 않아도 된다는 관점의 전환. 있는 그대로 나의 눈높이에서 내 삶을 받아들이듯, 사진도 그냥 그대로 찍으면 되는 것이었다. 마치 캄보디아 아이들이 굳이 경쟁하며 이기는 연습을 하려고 하지 않았듯이 말이다.

핸디캡이 있는 사람만이 볼 수 있는 세상

캄보디아 아이들을 카메라에 담기 시작한 뒤로 지금까지 카메라는 항상 내 옆에 있다. 하지만 경치가 좋거나 사진이 잘 나오는 장소들은 휠체어로 혼자 다니기 쉽지 않다. 무거운 DSLR을 들고 다니자면 장비 무게도 만만치 않아서 이동은 더 어렵게 마련이다.

한번은 매년 서울에서 열리는 불꽃축제 사진을 찍고 싶어서 초등학교 때부터 친하게 지낸 친구를 살살 꼬드겨서 도움을 받았다. 서울에 살면서 불꽃축제 한 번은 가야 하지 않겠냐, 나중에 여자 친구 생기면 꼭 한 번은 가야 하니 미리 답사 간다고 생각하면 좋을 거다, 같이 가주면 고기 사줄게 등등 좋은 것만 이야기했다. 그러나 나는 알고 있었다. 불꽃을 찍으려면 한강변에 가야 하는데 사람이 너무 많아서

숨쉬기조차 어렵다는 것을.

휠체어를 타고 불꽃축제를 보러 한강변에 가는 것은 거의 불가능하다. 사람들이 너무 많아서 이동도 어렵고 차량 진입은 이른 아침부터 차단되기 때문에 접근조차 안 된다. 아예 아침 일찍 자리를 잡는 방법이 있는데 이럴 경우 밤까지 기다려야 해서 결코 쉽지 않다. 나와 친구는 오후 4시에 만나 주차장에 차를 대놓고 40분 정도 걸어서 이동했다. 무거운 카메라 가방과 삼각대, 마실 물을 챙기고, 간식으로 치킨 한 마리도 샀다.

이촌동 한강공원으로 들어가니 사람들의 행렬이 끝이 없었다. 인산인해라는 말을 체감하는 순간이었다. 사람들 틈에 끼어서 더 이상 갈 수 없게 되어 멈춰선 곳에 그냥 자리를 잡았다. 1시간 정도 기다리니 해가 저물고 불꽃축제가 시작되었다. 불꽃이 터지자 나는 연신 카메라 셔터를 눌렀다. 이 순간을 얼마나 기다렸던가! 어릴 적부터 서울에 살았지만 한 번도 불꽃축제에 갈 엄두도 내지 못했고, 갈 수도 없었다. 사진이라는 촉매제가 생긴 덕에 이렇게 소원을 풀 수 있게 된 것이다.

인터넷에서 미리 불꽃사진 찍는 방법을 알아보고 나왔지

만, 처음으로 찍어보는 터라 실패도 많았다. 그래도 즐거 웠다. 눈앞에서 펼쳐지는 불꽃은 아름다웠고, 내가 이런 순 간을 경험해본다는 사실에 기뻤다. 수백 장의 사진 중에서 몇 십장이라도 잘 나오면 성공이라 생각했다. 친구는 스마 트폰으로 열심히 찍었지만 잘 나오지는 않았다. 즐거운 시 간은 언제나 빨리 끝나게 마련. 불꽃축제는 순식간에 끝나 버렸다.

그런데 이제 어떻게 돌아간다니! 짐을 챙겨 사람들이 걸어 가는 속도에 맞춰 천천히 이동했다. 잘 빠져 나오는가 싶었 는데 사람의 장벽 앞에서 멈추고 말았다. 수많은 사람들이 횡단보도와 인도로 나가려고 서 있는데 이러다가 그냥 밤 이라도 샐 분위기였다. 친구와 나는 무리에서 빠져 나와 한 강변을 따라 계속 걸어갔다. 이동하는 사람들을 따라가다 보니 차들이 쌩쌩 달리는 강변북로 갓길로 들어섰다. 계단 이 많은 육교를 건너야 하는데 내가 가는 것은 불가능했다. 어쩔 수 없이 친구가 내 차를 가지러 가고, 나는 그 사이 강 변북로 갓길에서 기다려야 했다. 40분 넘게 기다린 것 같 다. 밤인 데다가 토요일이라서 차들은 정말 많았고, 차들은 내 휠체어 옆을 아슬아슬하게 지나쳤갔다. 드디어 친구가

차를 가지고 왔는데 고속으로 달리는 차들이 지나가는 갓길
에 정차를 해야 해서 매우 위험했다. 곡예를 하듯 차에 간신
히 올라탔고 나 때문에 산전수전 다 겪은 친구는 힘들다는
말은 못하고 맛있는 고기나 사라며 툴툴거렸다.

함께 늦은 식사를 하는데 친구는 웃으면서 아무래도 나한
테 낚인 것 같다고 말을 꺼냈다. "너는 알고 있었지?" 나는
웃으면서 시치미를 뗐다. "내가 뭘 알아?" 불꽃축제의 여운
이 채 가시지 않은 채 나는 불판 위의 고기를 뒤집었다. "야,
그래도 너 덕분에 소원 풀었다. 꼭 한번 가보고 싶었거든."
가끔은 카메라를 들고 혼자 떠나기도 한다. 한번은 은하수
를 찍어보고 싶어서 혼자서 양평으로 향한 적이 있다. 장
소는 이전에 아는 동생과 함께 가본 적이 있는데 불빛이
거의 없는 도로공사장이었다. 이전에 집 가까운 곳에서 가
로등이 없는 장소를 찾아봤지만 어두운 곳이 없었다. 우리
가 사는 도시는 너무나 밝다. 밤이 되어도 밤이 아닌 세상
에 살고 있는 것이다. 지금 살고 있는 집은 수원에서도 조
금 외진 곳인데도 불구하고 불빛이 없는 지역이 없다. 밤하
늘의 별빛을 찍고 싶어서 어둠을 찾아다닌다는 사실은 아
이러니하다.

한밤중, 한 시간 조금 넘게 운전해서 양평에 도착했다. 양평에는 불빛이 거의 없어서 은하수를 찍기 좋은 장소가 하나 있는데, 그날은 별똥별이 많이 떨어지는 날이라고 뉴스에 나와서 그랬는지 사람이 많았다. 한적한 시골길에 차들이 줄지어 서행했고, 경찰관 몇 명이 나와서 교통정리를 하고 있었다. 흔히 볼 수 없는 장면이었다. 평상시에는 인적을 거의 찾아볼 수 없는 곳임에도 사람들이 어떻게 알고 여기까지 왔는지 신기했다.

내가 찾은 곳은 시골 신작로를 내는 공사장이라 가로등이 전혀 없었고, 하수처리를 위한 시설물들이 여기저기 널려 있었다. 멀리 집들과 가로등이 보이는 정도로 주위는 매우 어두웠다. 하늘에 별들은 많이 보였지만 은하수를 찾을 수 있을 정도로 대기가 맑지는 않았다. 시골 한적한 곳에 깊은 밤 혼자 있으려니 조금 무섭기도 했다. 가끔씩 지나가는 차들이 있어서 촬영이 방해가 되기도 했지만 어둠 속에서 몇 시간을 혼자 있는 것보다는 나았다.

사진을 찍는 동안 서너 개의 별똥별을 보았다. 아주 어릴 적 시골에서, 사촌형들과 대청마루에 누워 별똥별을 보려고 눈을 크게 뜨고 있다가 눈이 아팠던 기억이 있다. 얼마

만에 보는 별똥별인가. 아주 짧은 시간 순식간에 지나가는 별똥별. 운이 좋게도 카메라에 별똥별이 희미하게 잡힌 사진 두어 장을 건졌다. 인터넷에 올라오는 그림 같은 사진은 아니지만 나만의 빛나는 별들을 담을 수 있어서 좋았다. 어릴 적 하루 종일 단칸방에 누워 있노라면 창문 밖에서 들려오는 아이들의 노는 소리가 얼마나 부러웠는지 모른다. 이제는 나 혼자 힘으로 행복을 찾아가고 있다. 사람들과 어울리고, 사진도 찍으며 돌아다닌다. 행복은 그리 크고 대단한 것도, 아주 멀리 있어서 잡지 못하는 것도 아니다. 행복은 지금 내가 잡을 수 있는 것을 잡는 데서부터 시작된다. 나는 휠체어에 앉아서 사진을 찍는 것 때문에 항상 아쉬움이 컸다. 조금 더 높은 눈높이에서 사람들과 자연을 찍고 싶었다. 그런데 우연히 수강하게 된 사진특강에서 오히려 더 낮은 높이에서 사진 찍는 것을 배우게 되었다. 그때 나를 지도해주신 작가님은 내가 카메라를 거의 땅바닥에 닿을 만큼 낮춰서 찍은 사진들이 좋다고 하셨다. 낮은 높이는 다른 사람들이 쉽게 담을 수 있는 높이가 아니라서 나만의 높이가 되는 것이었다. 다른 사람들이 보지 못하는 세상을 나는 보고 있었던 것이다. 핸디캡이 없는 사람은 볼 수 없는 세상,

핸디캡이 있는 사람만이 볼 수 있는 세상, 핸디캡이 있어서 또 다른 세상을 만나고 있었다.

핸디캡의 거울이 아닌 자신의 거울을 보자

흔히 어떤 어려움에 부딪히거나 실패를 하게 되면 그 원인을 자신의 어떤 약점에서 찾게 된다. 예를 들어, 취업이 잘 되지 않으면 평소 외모에 자신이 없던 사람은 외모 때문에 합격하지 못했다고 생각한다. 키가 작은 것에 콤플렉스가 있는 사람이 마음에 드는 이성에게 고백했을 때 거절당하면 작은 키 때문이라고 단정하기 쉽다. 부모로부터 무시당하거나 친구들로부터 따돌림을 당한 경우, 자존감이 손상되어 성인이 된 뒤에는 주위사람들의 말과 행동에 쉽게 상처받거나 분노하기도 한다.

자신의 거울을 보라는 것은 자신을 있는 그대로 바라보라는 뜻이다. 흔히 사람들은 자신이 보고 싶은 것을 보고, 보고 싶지 않은 것은 보지 않는다. 보고 싶은 것을 볼 때는 마음이 편하고, 보고 싶지 않은 것을 볼 때는 마음이 불편하거나 아프기 때문이다. 특히 자신의 약함과 관련 있는 것은 자신도 모르게 회피하게 된다. 그래서 자신을 있는 그대로 바라보는 데는 용기가 필요하고 때로는 슬픔이나 고통이 동반되기도 한다.

한때 나는 거울을 보고 싶지 않았다. 외모에 신경을 쓰는 스타일도 아닐뿐더러 무엇인가에 지나치게 얽매이거나 신경 쓰는 것도 싫어했다. 그런데 다른 이유가 하나 더 있었다. 핸디캡을 가지고 있는 내 몸이 멋지게 보이지 않아서였다. 어딘가 어색하고 불편해 보이는 모습이 싫었다. 무엇을 입어도 내 몸에 맞는 옷은 없었다. 좋은 옷을 입어도 휠체어 바퀴에 쓸려 금방 지저분해져 다시 입기도 싫어졌고, 나와는 어울리지 않는다는 생각이 자리 잡았다.

누구에게나 마음의 거울이 있다. 마음이 행복하고 건강하면 마음의 거울에 비친 자신은 행복하고 건강해 보인다. 마음이 불편하고 아프면 마음의 거울에 비친 자신의 모습이 불편하고 아파 보이게 된다. 몸과 마음은 연결되어 있어서 몸이 불편하면 마음도 불편해지기 쉽다. 그래서 신체적 핸디캡이 있으면 그만큼 아껴주어야 하고, 신체적 핸디캡이 마음의 장애로 가지 않도록 마음도 함께 챙겨주어야 한다.

무엇보다 자신의 마음이 지치지 않도록 격려해주고 지지해 주어야 한다. 마음이 강해지면 신체적 핸디캡도 조금 더 가벼워질 수 있다.

고등학교 시절, 집에서 20분 정도 떨어진 공공도서관에 혼자 다녀온 적이 있다. 그날은 어머니도 친구도 없어서 혼자서 돌아와야만 했다. 내가 사는 집은 오르막길이 있는 언덕에 있었다. 도서관에 갈 때는 내리막길과 평탄한 길이 많아 힘은 좀 들어도 갈만 했다. 그러나 집으로 돌아오는 길은 언덕길이 만만치 않아 휠체어를 밀고 가다보면 길을 지나가던 사람들이 도와주기도 했다. 그날은 유난히 지나가는 사람도 없어서 순전히 내 힘만으로 휠체어를 밀고 집에 왔다. 휠체어 매달린 가방은 어찌나 무거운지 휠체어가 잘 밀리지 않았다. 오르막길에서 휠체어를 밀며 이런 생각이 들었다. '왜 나는 건강한 몸으로 편하게 공부할 수 없는 걸까'. 순간 울컥했다.

집에 도착해서 지친 몸으로 누워 있는데 햇볕이 불투명한 창을 통해 부서지며 은은하게 방안을 비추었다. 따스함이 몸과 마음에 밀려오는 것 같았다. '오늘은 나 혼자 돌아왔구나'. 문득 내 자신이 뿌듯하게 느껴졌다. 사람들의 도움 없이나 혼자서 돌아온 것이 만족스러웠다. 그래서 오늘 하루 도서관에 가서 공부하고 돌아온 것에 감사하기로 했다. 다른 사람들에게는 크고 대단한 일이 아닐 수 있지만 내게는 대단한 하루였다.

핸디캡은 가치관, 감정, 생활 방식, 대인관계 등에 큰 영향을 준다. 세상에는 겉으로 볼 때 핸디캡이 없는 사람이 훨씬 많다. 핸디캡은 소외감을 주거나 불평등의 경험을 주기도 한다. 그래서 자신이 핸디캡 때문에 갖게 된 잘못된 기준이나 손상된 감정을 잘 살펴야 한다. 그렇지 않으면 삐뚤어진 가치들이 안에서 굳어져서 자신과 주위 사람들을 다치게 할 수도 있다.

평생을 핸디캡을 안고 살아가도 여전히 순간순간 핸디캡을 받아들이기 어려운 때가 있다. 몸이 건강했다면 일을 좀 더 잘하지 않았을까, 결혼도 하지 않았을까, 노후걱정을 덜 수 있지 않았을까 하는 마음의 소리가 밀려오기도 한다. 그러나 지금 여기까지 휠체어를 밀고 온 인생이 나에게는 소중하다. 자신의 약함을 똑똑히 바라보고 도망가지 않았음에 스스로에게 칭찬해주고 싶다. 자신의 어떤 핸디캡을 가지고 자신의 존재 자체를 부정해서는 안 된다. 핸디캡은 자신의 일부일 뿐이지 전부는 아니다. 어떤 한 영역에서 부족한 것을 가지고 자신의 모든 것이 그런 것처럼 해석하는 것은 결코 자신을 행복하게 해주지 않는다.

핸디캡의 거울이 아닌 자신의 거울을 보고 온전히 자신을 받아들이는 사람은 겉으로 보이는 핸디캡으로부터 자유롭다. 자유로운 사람은 꿈을 찾아 떠나게 된다. 꿈을 찾아가는 사람에게는 더 이상 자신을 구속하는 그 어떤 것도 없다. 높이 나는 새는 큰 다리가 아닌 큰 날개를 가지고 있다. 큰 날개는 강한 바람을 이겨내고, 오히려 강한 바람을 더 높이 날아가는 힘으로 사용한다.

그동안 핸디캡은 나의 거울에서 지우고 싶은 그 무엇이었다. 그러나 지금은 나에게 큰 날개가 되어주고 있다. 더 높이 날아가 꿈을 찾아가는 새처럼 살게 해주었다. 핸디캡이 없었다면 큰 날개는 없었을 것이다. 땅 위를 걸어 다니며 살아가는 그냥 평범한 새에 불과했을 것이다.

타 인 의 핸 디 캡 을 대 하 는 우 리 의 자 세

어느 날 아침, 어머니는 아침운동을 나간다며 출근하는 나와 엘리베이터를 함께 탔다. 어머니는 1층에서 내리고 나는 주차장이 있는 지하2층에서 내리면 되었다. 그런데 어머니는 굳이 내가 차에 타는 것을 보고 휠체어를 차에 싣는 것을 도와주겠다고 따라 나섰다. 그 순간 나는 나도 모르게 어머니에게 왜 따라 오냐며 화를 냈다. 어머니는 굳이 나를 도와주셨고, 왜 화를 내냐며 섭섭해 하셨다.

나는 지나친 배려나 동정심을 매우 싫어한다. 필요 이상의 도움을 받으면 무기력감이 밀려와 힘이 빠지기 때문이다. 나를 도와주고 가시는 어머니의 뒷모습이 자꾸 떠올라 하루 종일 마음이 불편했다. 하지만 나는 스스로의 힘으로 살아가기 원한다. 부모님이 언제까지 살아계셔서 나를 도와줄 수 있는 것도 아니고, 설령 건강하게 영원히 사실 수 있다 해도 나는 독립된 자신으로 살아가기 원한다. 이렇든 저렇든, 부모는 언제까지나 부모이고, 자녀는 언제까지나 자녀인 것 같다.

나처럼 핸디캡이 있는 자녀가 아니더라도 부모 자녀 간에는 어느 정도 투쟁관계가 형성되는 것이 일반적이다. 특히 사춘기에 부모 자녀 간에 매일 전쟁을 치르는 이유는 이러한 관계에서 기인한다. 독립하려는 자녀는 스스로 모든 것을 하고 싶어 하고, 부모는 자녀의 모든 것을 도와주고 싶어한다. 자녀는 이런 부모로부터 도망가고 싶어 하고, 부모는 이런 자녀로 인해 실망하거나 낙심하게 된다.

가족 간에도 적절한 거리두기가 필요한데, 관계에는 건강한 거리가 있어야 하기 때문이다. 지나치게 가까이 다가서거나, 지나치게 멀어져서는 안 된다. 지나치게 가까우면 간섭이 되고, 지나치게 멀어지면 무관심이 된다. 그래서 건강한 거리를 유지하며 양육한다는 것은 참 어려운 일이다. 끊임없이 관찰하고 인내하며 기다려야 할 때가 많다. 수없이 반복해서 가르치고 이야기해야 할 때도 많다. 그러나 포기해서는 안 된다. 자녀가 스스로 독립해서, 스스로의 힘으로, 스스로를 믿고 신뢰하며 살아가기 위해서는 반드시 거쳐 가는 과정이다.

특히 가족 안에 핸디캡이 있는 구성원이 있다면 싫든 좋든 매우 가까운 밀착관계를 유지할 수밖에 없다. 우리 집은 내가 대학에 진학하기 전까지 나와 어머니의 밀착관계가 유지되었다. 이로 인해 여동생이 상대적으로 부모님의 관심을 받지 못했다. 내가 대학을 가면서 집에서 장기간 멀어지게 되었고, 자연스럽게 어머니와 여동생이 가까워질 수 있는 기회와 시간이 만들어졌다. 가족 간의 관계의 균형이 잡혀갈 수 있었다.

이제 나는 차에 휠체어 싣는 것을 어머니가 도와주시는 것을 막지 않는다. 어머니가 원하는 대로 하는 것이, 내가 어머니를 위해 해줄 수 있는 것이라고 생각하게 되었다. 어머니가 휠체어 싣는 것을 도와준다고 해서 나의 독립성이 의존성으로 바뀔 것도 아니다. 하지만 핸디캡이 있는 가족을, 마음이 아프고 걱정이 되더라도 자기 스스로 할 수 있을 때까지 그대로 놔두고 지켜봐주는 과정도 필요하다.

친한 친구들은 나에게서 핸디캡을 보지 않는다. 그저 친구로 볼 뿐이다. 친구들은 종종 내가 핸디캡이 있다는 사실이 새삼스러울 때가 있다고 한다. 그래서 친구들에게 가끔은 내가 핸디캡이 있으니 배려 좀 하라고 농담을 건네기도 한다. 누군가와 익숙해지고 가까워지면 그 대상의 단점이나 불편은 그저 그가 가지고 있는 특징으로 여겨질 수 있다. 밖에서는 좀 특이해 보이는 사람이라도 가족 안에서는 전혀 그렇지 않은 경우가 많다. 가족들은 이미 서로에 대해서 충분히 적응했고 서로의 특성을 거의 알기 때문이다.

처음 휠체어를 밀어주는 사람은 방향을 어떻게 잡아야 할지 몰라 당황한다. 휠체어를 밀다보면 점점 가속도가 붙어서 발걸음이 빨라지게 되고, 이때 밀고 있는 휠체어에 자신의 몸이 딸려가는 경우가 흔하다. 물론 운동신경이 부족해서 그럴 때도 있지만, 대부분의 경우는 휠체어에 탄 '사람'보다는 휠체어 '밀기'에 집중되어 있을 때 생기는 현상이다. 나와 대화에 집중하는 사람은 휠체어를 밀어주는 것에는 신경을 거의 쓰지 않게 되고, 휠체어는 오히려 관계를 이어주는 도구가 된다.

그러나 휠체어를 잘 밀어주어야겠다는 책임감이 클 경우, 휠체어 밀기에 집중되고 잘 밀어주는지 못 밀어주는지에 신경을 쓰게 되면서 휠체어는 방향을 잃게 된다. 이때는 내가 휠체어의 방향을 잡기 위해 더 노력하게 되고 두 사람의 모든 에너지가 휠체어에만 집중된다. 두 사람이 휠체어를 밀기 위해 만난 것이 아님에도 열심히 휠체어만 밀고 있는 것이다.

타인과 나의 핸디캡이 친해지기 위해서는 핸디캡을 설명하고 이해시키는 것은 나중에 하는 것이 좋다. 도움이 필요한 부분에 대해서는 알려줘야 하겠지만, 어떤 관계든 처음부터 자신에 대해서 모든 것을 알려주고 설명한다고 해서 가까워지는 것이 아니다. 서로의 일상을 이야기하고 나누다 보면 상대를 알게 되고 자연스럽게 친해지게 된다. 상대방과의 친밀함 속에서 천천히 핸디캡의 깊은 부분까지 공감하게 되는 것이다. 예를 들어, 소개팅 장소에서 자신의 가족사와 성격, 재정, 장점과 단점을 나열하고 전달한다고 하자. 결과는 어떨까. 상대방은 다시 만나려고 하지 않을 것이다. 본인이 자신의 핸디캡에 익숙해지는 데 많은 시간이 걸리듯이, 타인이 핸디캡을 이해하고 익숙해지는 데도 충분한 시간이 필요하다. 단시간에 상대가 받아들여줄 것을 기대해서는 안 된다. 그리고 타인은 나의 핸디캡을 알고 싶어 하지 않을 수도 있는데, 이럴 경우도 굳이 이해를 구할 필요는 없다. 이해를 하고 안 하고는 그 사람의 선택이다. 나를 아는 모든 사람과 친밀한 관계를 쌓아갈 수 있는 것은 아니다. 나를 이해하고 사랑해주는 사람은 소수에 불과하다. 그 소수가 내 삶의 기반이 되고 의미가 된다. 그들은 나의 핸디캡을 나의 일부로 받아들이는 사람들이다.

핸디캡과 친밀해지는 과정은 사람마다 다르다. 사람의 성향과 환경이 다양하고, 핸디캡도 다양하기 때문이다. 개인이 만나는 사람도 다양해서 핸디캡과 친밀해지는 과정에 정해진 방법은 없다. 단지 핸디캡을 가진 자신이 얼마나 자신의 핸디캡과 친밀해졌는지 그 정도에 따라 타인과의 핸디캡 친밀도도 달라진다. 자신의 핸디캡과 친밀할수록 타인들도 나의 핸디캡과 쉽게 친밀해진다.

핸디캡과 친해진다는 것은 핸디캡에 집중한다는 뜻이 아니다. 핸디캡을 자신의 일부로 여기고 자신의 삶과 조화를 이루면서, 타인도 나의 핸디캡을 나의 일부로 받아들이고 점차 사람들과의 관계의 넓이와 깊이가 함께 발전하게 되는 것이다. 자신의 일부라고 해서 사소하고 하찮게 여기는 것이 아니다. 핸디캡이 삶의 전체에서는 부분일 수 있지만 매우 중요한 일부라고 볼 수 있다. 핸디캡 없이는 지금의 나도 없기 때문이다.

나는 휠체어를 타고 다녀서 그런지 사람들이 경쟁자로 보지는 않는다. 나도 다른 사람들을 경쟁자로 보지 않는다. 나 자신을 끌고 가기도 벅차서 누군가를 경쟁자로 볼 여력도 없었다. 어쨌든 나는 다른 사람들과 입장이 다르고 생각이 달라도 쉽게 속이야기를 나눌 수 있다는 장점이 있다. 주위 사람들은 항상 내가 잘되기를 바란다. 나도 언제나 그들이 잘되기를 바라며 응원한다. 나의 핸디캡이 경쟁의 관계와 편견의 시선을 허물고 있는 것이다. 물론 핸디캡 자체가 그렇게 만든 것이 아니라 나와 주위 사람들의 노력이 함께 만든 것이지만 핸디캡이 중요한 매개체가 된 것은 분명하다.

주위 사람들은 항상
내가 잘되기를 바란다.
나도 언제나 그들이
잘되기를 바라며
응원한다.
나의 핸디캡이
경쟁의 관계와
편견의 시선을
허물고 있는 것이다.

삶은 나를 위해 사는 거니까

삶은 나를 위해 사는 거야
나를 위해 진실하고
나를 위해 용서하고
나를 위해 노력하고
다른 나를 위해 살면 불행해지는,

삶은 나를 위해 사는 거야
내가 진심으로 원하는 것을 찾아주고
내가 하고 싶은 것을 해보도록 놓아주는,
행복해진 나를 보며 다른 사람들이 행복해지고
다른 사람들이 행복해지면 세상이 행복해지는,

내가 가진 것이 보잘 것 없고
완벽함은 없어도
'나'라는 사람을 당당하게 안고 가는 거야
삶은 나를 위해 사는 거니까.

4.

핸디캡을 소통의
매개체로 만들어라

경험은 실수를 거듭해야만 알게 된다.
계단의 처음과 끝을 다 보려하지 마라.
— 마틴 루터 킹 주니어

내가 다니던 대학과 가까운 거리에 장애인 생활시설이 있
었다. 기숙사 기독학생들과 함께 정기적으로 방문해서 후
원도 하고 함께 어울리며 즐거운 시간을 보내곤 했다. 학
교 앞에는 우리나라에서 가장 넓은 호수라는 문천지가 있
다. 장애인 생활시설에 가려면 차로는 한참 돌아서 가야 하
지만 걸어서 갈 때는 지름길이 있는데, 바로 저수지 둑길이
다. 100미터가 넘는 둑길은 휠체어 하나가 지나갈 정도의
좁은 흙길이다. 기다란 둑길을 대학생들이 나란히 줄지어
가는 것은 재밌는 일이다. 멀리서 보면 수십 명의 사람이

길게 줄지어 하늘과 물이 맞닿은 수평선을 걸어가는 것처럼 보인다. 그 중간에 휠체어를 탄 나도 끼어 있었다. 둑길을 지나면서 몇몇 친구들은 강아지풀이나 코스모스를 꺾어 흔들기도 했다. 가을에는 노을이 지는 하늘과 노을에 비친 저수지의 풍경이 참 예뻤다. 넓은 저수지에는 조정경기 연습을 하는 학생들과 수십 마리의 물새들이 어우러져 한 폭의 그림이 펼쳐졌다.

생활시설에 들어가면 반겨주는 장애인 친구들이 많았다. 장애인들은 시설에서 먹고 자고 대부분의 생활을 시설 안에서만 하기 때문에 외부인의 방문이 즐거운 일이었다. 발달장애 친구들이 많아서 대화가 잘 통하지는 않았지만 무엇이 좋고 싫은지 쉽게 알 수 있었고, 어떤 친구는 자신의 맘에 드는 대학생을 졸졸 쫓아다녀 모두의 부러움을 사기도 했다. 한 장애인 친구는 나에게 다가와 자신이 한글공부를 하고 있다며, 직접 글씨 쓰는 모습을 보여주기도 하고, 다른 한 친구는 밖에서 산책하자며 자신이 아끼는 핸드백을 끼고 반짝이는 구두를 신고 나와 나란히 걷기도 했다.

장애인 친구들과 함께 시간을 보내고, 대학 기숙사로 돌아오는 길에는 항상 이런저런 생각들이 밀려왔다. 나도 저 친구들처럼 시설에서 지낼 수 있는 장애인 아닌가. 내가 저들과 다른 것은 무엇일까. 단지 공부를 더 했고, 다른 사람들과 의사소통이 상대적으로 조금 더 쉬운 정도의 차이일까. 어린 시절 특수학교에서 함께했던 나의 친구들은 지금 어떻게 지내고 있을까. 그럼 이제 나는 무엇을 해야 할까. 나 자신과 장애인 친구들을 위해서. 어쩌면 몇몇 장애인 친구들에게는 내가 대학생이라는 것 자체가 희망이 되었을 수도 있다. 내게 주어진 삶에 충실히 살아가다보면 장애인에 대한 사람들의 인식이 바뀌는 데 조금이라도 도움이 되지 않을까.

핸디캡 뒤에 숨지 말고 당당하게 나아가라

한번은 장애인 친구들이 소풍을 가야 해서 자원봉사자들이 많이 필요했고, 우리도 동행하기로 했다. 장애인 친구들은 전세버스를 타고 이동했고, 나는 개인차량으로 움직여야 했다. 차로 1시간 정도로 가야 했는데, 운전면허를 딴 지얼마 되지 않은 나로서는 최초의 장거리 운전이었다. 내비

게이션이 없던 당시에는 지도를 미리 숙지하고 이정표로만 이동해야 했기에 긴장도 되고 한편으로는 설레기도 했다. 소풍 장소는 나무가 많은 공원이었다. 장애인 친구 한 명과 봉사자 한 명씩 붙어서 동행했다. 나는 특별히 도와줄 수 있는 것은 없었지만 그들이 즐거워하는 모습을 바라보며 함께 하는 것이 좋았다.

학교 기숙사로 돌아오는 길, 운전 미숙으로 그만 신호위반을 했다. 지켜보던 교통경찰관이 차를 세웠고, 운전면허증을 요구했다. 나는 얼떨결에 장애인이라고 말했고, 경찰관은 다음부터는 교통법규를 위반하지 말고 잘 운전하라며 그냥 보내주었다. 옆에 함께 타고 있던 선배가 나에게 왜 장애인이라고 말했냐고 물었다. 순간 나는 너무 부끄러웠다. 초보운전자라고 하거나 죄송하다며 양해를 구할 수도 있었다. 그러나 내 마음 속에서는 장애인이라고 말하면 위기를 모면할 수 있다고 여겼던 것이다. 분명 장애인이라고 말하는 것이 다른 이야기를 하는 것보다 더 나을 수 있다고 판단했던 것이다.

나는 장애인이지만 언제나 스스로에게 당당하고 떳떳하게 살아가기 위해 노력했다. 하지만 사소한 위기의 순간에 여지없이 무너져버린 내 자신에게 실망이 컸다. 그날 하루, 나보다 어려운 장애인들을 돕고 함께하기 위해서 보낸 시간이 아무런 의미도 없이 사라지는 기분이 들었다. 내가 신호위반을 한 것과 내가 장애인이라는 사실은 전혀 연관성이 없는 것이다. 만약 내가 가파른 언덕길을 혼자 오르면서 힘겨워한다면, 이 상황과 내 핸디캡은 연관성이 있다. 지나가는 사람에게 밀어달라고 도움을 요청하는 것은 정당하고, 상대방도 자연스럽게 받아들일 수 있는 일이다. 그러나 나의 잘못이나 실수를 나의 핸디캡과 연관시킨다면, 그것은 자신의 핸디캡 뒤에 숨는 것이나 다름없다. 이 일이 있은 뒤로는 핸디캡 뒤에 숨지 않기로 스스로 다짐하고 또 다짐했다.

핸디캡을 활용해 자신을 어필하는 방법

대학을 졸업하고 대학원에 진학했다. 어려운 가정환경에 부모님께 부담을 드려 죄송했지만, 대학만 졸업해서는 취업에 자신도 없었고, 길게 봐서 지금 경쟁력을 더 가지지 않으면 앞으로 기회도 없을 것 같아 고심 끝에 결정했다. 그런데 대학원 진학 직후 IMF 외환위기가 터졌다. 사회 전반적으로 어수선했다. 실업자는 폭발적으로 증가했고 파산하는 기업이 속출했다. 이로 인해 수많은 가정이 재정적 어려움으로 깨지기도 했다. 다행히도 아버지가 다니는 중소기업은 중국수출의 판로가 탄탄해서 큰 탈은 없었다.

내가 준비하던 논문은 장애인 생활시설과 지역사회와의 관계였다. 그때만 해도 전국의 장애인 생활시설은 120곳이 채 되지 않았다. 사실 대형 장애인 생활시설이 많은 것은 바람직하지 않다. 장애인들이 지역사회에 소속되어 사회에 적응하고 지역주민들과 통합되어 지낼 수 있어야 하는데 대형 장애인 생활시설은 사회와 분리되기 쉽기 때문이다. 당시에 비해 지금은 생활시설이 상당히 소규모화되고 다양화되었다. 또한 직업재활이 많이 확대되어 사회통합의 관점으로 진행되고 있다.

나의 최대 난제는 최소한 100개 이상의 설문지를 회수하는 것이었다. 그래야만 통계적으로 최소한의 신뢰를 가질 수 있는 논문이 될 수 있었다. 사전 현장조사에서 장애인 생활시설에는 많은 설문지가 우편으로 오고 있음을 알게 되었다. 각종 석박사 논문 설문지부터 많은 관공서와 단체들에서 보내는 조사지가 정말 많았다. 이런 환경에서 내 석사논문 설문지는 시설 운영자들에게 그리 중요하지도, 반드시 필요한 것도 아니어서, 회수율이 낮을 수밖에 없었다. 일반적으로 우편 설문조사 회수율은 매우 낮은 편이기 때문에 어떻게 해서 회수율을 높여야 할지 고민이 쌓여갔다.

다행인 것은 복지시설들은 외부에서 온 우편물은 빠짐없이 모두 개봉한다는 것이었다. 개봉 후 내 설문지가 눈에 띄어야 하고 작성해서 보내줘야겠다는 판단이 들도록 만들어야 했다. 흔한 석사논문 설문지가 아니라 장애인시설에 도움이 되고 필요한 설문지라는 강력한 설득력이 있거나, 아니면 설문조사를 진행하는 연구자에게 도움을 줄 수밖에 없는 호소력 짙은 진정성이 있어야 했다. 오랜 시간 고심 끝에 설문지 안에 나 자신을 어필할 수 있는 자리를 만들기로 했다. 설문지 표지에 내 사진을 넣기로 한 것이다.

기존의 설문지들은 모두 연구목적에 관한 내용의 텍스트만 들어가 있다. 그것은 당연한 것이다. 개인 집필의 문학작품이 아니라 학문적 객관성을 가져야 하는 조사이기 때문이다. 하지만 나는 기존 틀에서 조금 벗어나서 표지에 휠체어를 탄 전신사진을 넣었고, 설문조사 목적에 대한 안내문에서는 연구자인 나에 대한 설명을 삽입했다. 이후 우편으로 발송된 설문지는 회수 봉투에 담겨 하나씩 돌아왔다. 회수된 설문지 하나하나가 얼마나 소중하게 다가왔는지 모른다. 이제 문제는 회수율이 얼마나 되느냐였다.

2주 만에 회수율은 90% 가까웠다! 우편 설문조사의 회수율이 매우 저조한 것을 고려하면 기적 같은 일이다. 많은 장애인시설 운영자들이 내 설문지에 관심을 가지고 작성해준 것이다. 어떤 설문지에는 시설장의 격려 메시지도 담겨 있었다. 한 분 한 분 너무나 고맙고 감사했다. 나에 대해 전혀 알지 못하는 사람들이 나의 작은 노력과 정성을 알아준다는 사실은 논문의 결과를 떠나 소중한 경험이었다.

이처럼 핸디캡을 활용해 자신을 어필하는 것도 하나의 방법이 될 수 있다. 진정성만 있다면 핸디캡은 오히려 소통의 도구가 되고 사람의 마음을 얻는 기회를 마련해 준다. 소통은 자신이 가진 것이 무엇인지, 자신이 원하는 것이 무엇인지 분명히 아는 데서 출발한다. 방법은 사람마다 다르다. 모든 사람은 다르기 때문이다. 자신을 있는 그대로 담는 것, 그것이 바로 자기만의 소통 방법이라고 할 수 있다.

핸디캡을 역량의 기반으로 삼은 사람들

핸디캡이 자신의 인생에서 넘을 수 없는 벽이 되는 세상은 끝났다. 과거에는 핸디캡의 벽이 너무 높아 그 벽을 넘어설 수 있는 사람이 많지 않았다. 오히려 지금은 자신의 핸디캡이 사람들과 공감할 수 있는 스토리가 되어 더 유명해지고 덕망이 높아지는 경우가 많다. 핸디캡이 사람들과의 소통의 매개체가 되고 있다.

얼마 전, 사업실패로 수십억의 채무자가 된 한 연예인의 인생 스토리가 소개되어 많은 사람들에게 공감과 감동을 준 바 있다. 그에게 신체적 핸디캡이 있는 것은 아니지만 인생의 핸디캡이나 다름없는 수십억의 채무가 있다. 채무로 인해 그의 신뢰는 바닥에 떨어졌고 가까운 사람들은 모두 떠나버렸다. 10년 전만 같았어도 그는 사회적으로 매장되었을 것이다. 그는 여전히 채무자이다.

그러나 사람들은 더 이상 그를 채무자로 보지 않는다. 기업 광고 섭외가 꾸준히 들어오고 있고, 방송에도 자주 출연하고 있다. 무엇이 핸디캡인가? 사람들은 그의 스토리를 보며 자신의 어려운 상황을 희망적으로 바라보기 시작한 것이다. '최고의 인기와 부를 누렸던 연예인도 별거 아니구나.', '수십억의 채무자도 저렇게 노력해서 살아가는데, 나라고 못 할 게 있을까?' 사람들은 한 연예인의 재기과정을 보며 그의 스토리가 자신의 스토리가 될 수 있을 것으로 기대하고 있다.

자신의 핸디캡을 넘어서서 훌륭한 전문가가 된 사람은 얼마든지 있다. 그리고 겉으로 드러나지 않았을 뿐이지 핸디캡을 통해 자신만의 영역을 만들어간 사람은 더 많다. 자신의 역량을 키우고 전문가가 되는 데 핸디캡은 걸림돌이 되기 쉽다. 그러나 핸디캡은 오히려 자신의 역량을 보석처럼 빛나게 해준다.

미국에 특별한 헬스트레이너가 있는데, 그의 이름은 잭이다. 잭은 휠체어를 타고 트레이너 일을 한다. 그는 허벅지 뼈가 없이 태어나 다리가 없다. 어머니는 그를 강하게 키웠다. 잭이 배고파하면 우유를 가져다주지 않고 잭이 가져다가 먹게 했다. 잭은 어머니의 양육대로 강하게 성장했다. 그는 휠체어를 탄 채로 물구나무서기를 하고, 철봉에 거꾸로 매달릴 수 있는 고난도 수준의 운동실력을 보여준다. 그의 모습은 유튜브를 통해 많은 사람들에게 도전과 감동을 주고 있다.

우리나라에도 잭과 같은 사람이 있다. 서부재활체육센터 헬스트레이너 조호석 씨다. 그는 갑작스런 척수손상으로 더 이상 걸을 수 없었고, 한때는 자살까지 생각할 정도로 절 망했었다. 휠체어농구를 하면서 새로운 삶의 활력을 찾았 고, 지금은 헬스트레이너로 활동하고 있다. 그가 헬스트레 이너로 활동하는 데는 적잖은 어려움이 있었다. 생활체육 지도사 자격증을 따기 위해 시험을 보러 갔는데, 시험장이 엘리베이터가 없는 5층이었다. 그를 지도해준 선생님의 등 에 업혀 시험장에 올라갔다. 현재 그는 주로 병원에서 1년 넘게 장기 입원을 하다 퇴원한 사람들을 대상으로 훈련을 시키고 있는데, 본인의 오랜 병원생활과 통원치료의 경험 이 그들에게 큰 도움이 되고 있다.

헬스트레이너는 몸이 건강해야 한다. 그것도 보통이 아니 라 철저한 자기관리를 통해 누구보다 활력이 넘치고 건강해 야만 할 수 있는 일이다. 그러나 잭과 조호석 씨를 통해 그 런 고정관념은 깨졌다. 그들은 건강관리가 필요한 사람들 에게 희망을 전해주고 있다. 그들이 그 자리에 서기까지 결 코 쉽지 않았을 것이다. 그래서 그들의 핸디캡이 그들의 역량을 더욱 빛나게 해주는 것이다.

미 래 는 준 비 하 는 자 에 게 주 어 지 는 것 이 다

이 세상에서 가장 행복한 사람은 아마도 자신이 좋아하는 일을 하는 사람일 것이다. 자신의 적성과 일이 환상의 조합을 이룬 경우다. 그러나 자신의 적성과 일이 맞는 사람이 얼마나 될까. 요즘처럼 일자리를 찾기 어려울 때는 자신의 적성에 맞춰 일을 한다는 것이 꿈처럼 보이기도 한다. 더구나 핸디캡을 가지고 있다면 일자리를 갖는 것은 불가능해 보일 수도 있다. 하지만 어디든 자신에게 적절한 일자리는 있게 마련이다.

내가 일하고 있는 사회복지 분야는 매우 광범위하다. 25년 전 대학에서 사회복지를 공부하고 있을 때만 해도 이 분야의 전공자들이 진출할 수 있는 기회는 협소했다. 복지관이나 입소시설이 대부분이었다. 그러나 지금은 다양한 크기의 단체와 활동 분야의 비영리단체들이 다방면에서 엄청난 영향력을 끼치고 있다. 그만큼 많은 종류의 직무가 만들어졌고, 핸디캡의 제한을 받지 않는 분야도 많아졌다. IT 분야의 발전과 AI(인공지능)로 인해 사라져 가는 직업도 많아지리라 예상되지만, 이전에는 없었던 새로운 직업도 계속해서 만들어지고 있다. 특히 복지 분야와 같은 휴먼서비스 영역은 더 넓어지고 있다.

내가 웹마스터 학원에 다닐 때만 해도 사회경제적 영역에서 인터넷 분야는 초보단계였다. 당시 나는 사회복지 분야에서의 인터넷 영역은 다양해지고 전문화될 것으로 예상했는데 정확히 적중했다. 이후 인터넷에 관한 지식과 경험은 내가 사회복지 분야의 비영리단체에서 오랫동안 경쟁력을 가지고 일하는 데 큰 도움을 주었다. 무엇보다 재미를 가지고 일할 수 있어서 좋았다. 재미라는 것은 본인의 적성과 밀접하다. 적성에 맞는 만큼 일에 대한 흥미와 만족감은 높아진다.

미래는 준비하는 자에게 주어지는 것이다. 아무리 좋은 기회가 주어져도 감당할 수 없으면 자신의 것이 될 수 없다. 잘 준비하는 자는 없는 기회도 만들어 낼 수 있다. 자신의 역량을 강화하고 경쟁력을 가지는 데 있어서 앞으로의 전망 즉, 미래와 자신의 핸디캡을 고려해야 하는 것은 당연하다. 평상시에 자신의 관심분야에 지속적인 정보제공을 받을 수 있어야 한다. 이 과정에서 중요한 것은 노력이 아닌 재미나 관심이다. 나의 경우는, 이메일보다는 페이스북과 카페를 통해 사진, 좋은 글, IT 분야 등에 관한 정보를 즐겨보고 있다. 재미가 없으면 지속성이 떨어지고 자신의 관심분야가 될 수도 없다.

앞으로 수명은 더욱 길어질 전망이다. 우리의 대부분은 65세 은퇴 후에도 약 30년의 인생을 더 살아가야 한다. 65세까지 일하고 은퇴하기도 어려운데 은퇴 후 30년을 더 살아가야 한다는 것은 단순한 노후준비의 필요성이 아닌 지속가능한 인생경영을 준비해야 한다는 뜻이다.

또한 핸디캡이 있는 경우 심리적으로나 신체적으로 또는 사회관계적인 측면에서 지출이 더 많아질 수 있다. 자신의 역량을 지속적으로 관리하고 개발해가는 것이 중요한 시대에 살고 있는 것이다. 그래서 평상시에 사회 흐름에 관심과 재미를 가지고 즐겨야 한다. 그 과정에서 자신의 제2, 제3의 적성을 찾아가며 넓혀갈 수 있고, 역량을 강화해갈 수 있다. 핸디캡에 갇히지 말자. 핸디캡이 아무런 제약을 주지 않는 직업 분야는 너무나 많다. 그리고 갈수록 많아질 것이다.

기술의 발달이 핸디캡을 의식하지 않을 수 있게 만들어가고 있다. 자신만 원한다면 얼마든지 온라인으로 관심 분야에 대한 교육을 받을 수 있고, 온라인 커뮤니티를 통해 정보를 얻을 수 있다. 물론 이렇게 한다고 해서 기회가 갑자기 오는 것은 아니다. 그렇다고 무작정 아무것도 안 하고 누워 있을 수만은 없지 않은가.

'깝도이'라는 BJ가 있다. 유튜브를 통해 처음 알게 되었는데, 자신이 직접 스타크래프트 게임을 하며 인터넷방송을 하는 BJ다. 나는 임요한이 스타크래프트 경기에서 이름을 떨치던 때 열광하는 팬이었다. 게임방송에서 스타를 챙겨볼 만큼 대단했다. 그런데 아직도 사람들이 스타크래프트 게임을 많이 하고 있다는 것을 인터넷방송을 통해 알게 되었다.

BJ 깝도이는 중학생 시절부터 PC방에서 스타만 했다고 한다. 그리고 아프리카TV를 알게 되었고 2년 정도 자신이 하는 게임화면만 보여주다가 점차 시청률이 높아졌고, 게임을 하면서 채팅으로 올라오는 시청자들과 소통하며 본격적인 게임BJ로서 활동하게 되었다. 유튜브에 자신의 재미있는 게임 플레이 영상을 수년 동안 올렸고, 이를 통한 광고수

익은 직업으로서 BJ 활동을 가능하게 해주었다. 현재는 실시간 인터넷 방송 시청자가 4,000명에 이른다.

개인적으로는 프로게이머들의 스타크래프트 방송보다는 그의 방송이 더 흥미 있다. 시청자들에게 프로게이머가 아님에도 훌륭한 플레이와 진행의 재미를 보여주고 있기 때문이다. 자신의 흥미와 적성, 자신만의 콘텐츠와 꾸준한 자기관리가 지금의 그를 만들었다고 본다. 어쩌면 그는 게임으로 시간을 허비한 사람으로 볼 수 있었고, 그것이 그에게는 핸디캡이 될 수도 있었다. 하지만 지금 그는 당당하게 자신만의 콘텐츠를 가진 1인 기업가이면서 부모님을 부양하는 가장이기도 하다.

자신만의 역량을 키워가는 데는 정해진 비법이나 전략은 없다. 실제로 좋은 가정환경을 가지고 명문 대학과 대기업으로 가는 사람은 극소수다. 그리고 그것이 반드시 자신의 자아실현과 행복을 보장한다고 보기도 어렵다. 자신의 핸디캡으로 관심 분야에 대한 흥미와 재미를 덮어버리지 말자. 오히려 자신의 핸디캡으로 관심 분야에 대한 흥미와 재미를 명확하게 구분할 수 있게 되고, 자신만의 역량을 키워갈 수 있는 기회를 만들어 낼 수 있다.

나는 앞으로 지금 하고 있는 일 외에도 글과 사진의 역량을 계속 키워갈 생각이다. 글과 사진에 관심도 많고 이를 통한 사람들과의 소통을 좋아한다. 문학가로서 글을 쓰는 수준은 결코 아니다. 프로나 아마추어 사진작가만큼의 장비와 촬영기술이 있는 것도 아니다. 프로의 탁월함도 중요하지만 나에게 글과 사진은 사람들과 소통하는 도구다. 공감과 소통, 그리고 그 과정에서 얻게 되는 통찰을 통해서 나만의 콘텐츠를 만들어가고 있다.

융합이 새로운 지식을 만드는 시대

지식에는 깊은 지식과 넓은 지식이 있다. 깊은 지식은 어느 한 분야의 전문가로서 오랜 기간 활동하면서 얻게 되는 지식이라 할 수 있다. 넓은 지식은 우리가 흔히 말하는 상식의 수준 또는 그 이상의 수준에서의 다양한 분야에 관한 지식이다. 여기에 요즘은 융합의 지식이 만들어지고 있다. 한 분야의 지식이 다른 분야의 지식과 합쳐져서 전혀 새로운 창조물과 가치들이 나오고 있다. 경영학과 사회복지, 마케

팅과 심리학, 예술분야와 건축학 등 다양한 분야에서 이미 융합이 이루어지고 있다. 기계공학과 전자공학의 융합 결정체가 자율주행 자동차이고, 곤충학이나 생물학이 기계공학과 접목되어 군사적 목적의 무기들이 만들어지고 있다.

최근에는 영리기업과 비영리단체의 경계선이 허물어지고 있다. 선진국들에서는 영리와 비영리의 기준이 급속히 사라지고 있다. 영리기업이 비영리사업을 위해 일을 하고, 비영리단체가 비영리사업을 위해 영리법인을 만들기도 한다. 우리나라도 작은 영리기업들이 비영리사업 영역에 적극적으로 뛰어들고 있다. 아직까지 법과 제도에서 한계점이 있지만 점차 사라지게 될 것이 분명하다. 영리와 비영리의 경계선이 허물어진 대표적인 예가 조합의 설립이다. 조합은 어떤 특정 집단의 이익이 설립목적이다. 그러나 그 이익은 조합원들의 공동체를 위해 분배된다. 이익을 창출하기 위한 목적은 영리기업에 해당하며, 이익의 균등한 분배는 복지에 해당한다.

개인이든 조직이든 융합의 시대에 살고 있는 것은 분명하다. 그래서 더 도태될 수도 있지만 성공의 기회는 더 많아지고 있다. 자신이 좋아하는 분야를 중심으로 다른 분야에도 관심을 가지면 새로운 기회의 땅을 발견할 수 있다. 핸디캡이 장점이 될 수 있는 분야를 발견하게 될 것이고, 다양한 분야의 지식과 경험이 보석 같은 역량을 만들어줄 것이다. 자신과 비슷한 사람들이 모여 조합을 만들어 수익을 나눠가질 수도 있고, 클라우드 펀딩을 통해 도움이 필요한 이들을 위한 모금을 할 수도 있다.

하지만 의무감이나 필요에 따라 지식을 넓혀가는 데는 한계가 있다. 결코 오래가지 못한다. 재미가 있고 지겹지 않은 분야의 책들을 보고 동영상을 찾아보는 데서 시작하는 것이 가장 효과적이다. 한편으로는 혼자서 무엇인가에 관심을 가지고 자신의 미래를 준비하는 것은 외롭고 지루한 일이기도 하다. 막연하게 영어공부를 하면 영어가 늘지 않는 것과 마찬가지라고 볼 수 있다.

나는 사회복지와 상담을 전공했지만 틈틈이 시를 쓰고 사진을 찍는다. 독서는 에세이와 여행, 재테크 등을 비롯해 다양하게 보지만 주로는 인문학과 관련된 책들을 본다. 그냥 눈에 띄고 마음에 끌리는 대로 찾아 읽는다. 하지만 이런 책읽기에는 방향이 있다. 단순한 지식과 경험이 아닌 깊은 통찰을 얻을 수 있는 소스를 찾는다. 나에게 책읽기는 여가에서 끝나지 않고 책 속에서 나만의 의미를 찾아가며 다양한 경험과 통찰을 얻기 위해 노력한다. 내가 공부하고 일해 왔던 사회복지와 상담의 지식과 경험은 글과 사진 속에 녹아나고, 사람들과의 깊은 공감을 펼쳐 가는 데 도움이 되고 있다.

누구든 꾸준한 책읽기와 함께 관심 분야의 정보를 지속적으로 습득해 간다면 언젠가는 상상하지 못한 열매를 거두게 될 것이다. 1만 시간의 법칙에서는 어느 한 분야에서 1만 시간을 쏟으면 전문가가 된다고 말한다. 하루 8시간, 3년 반이면 1만 시간이다. 물론 산술적인 시간 자체가 전부는 아니다. 같은 일을 3년 반만 해도 그 분야에서 숙달되고 나름의 전문성을 확보할 수 있는 충분한 시간이라는 것이다. 비록 1만 시간이 아니어도 틈틈이 읽고, 보고, 쓰다보면 자신의 분야가 더 넓어지고 깊어질 것이다. 더 나아가 지금 하고 있는 일과 관심 있는 분야를 융합하여 자신만의 영역을 만들어갈 시간은 이미 우리에게 충분하다.

책읽기에는 방향이 있다.
단순한 지식과 경험이
아닌 깊은 통찰을 얻을
수 있는 소스를 찾는다.
나에게 책읽기는
여가에서 끝나지 않고
책 속에서 나만의
의미를 찾아가며
다양한 경험과 통찰을
얻기 위해 노력한다.

나대로 살아내기

그냥 보통의 삶이라도
그냥 살아지는 것이 아니라
굳이 살아내는 것이어야 삶이 되고

누구보다 못한 삶이라고 스스로 여기는 것은
내 삶을 누구의 삶으로 동일시할 때만 가능하니

나대로의 삶은
누군가와 비교해서 얻을 수 있는 삶이 아니라

끝내 내가 나대로 살아내는 것이어야
결국 내 삶이 되어지네.

5.

혼자서 감당하려
너무 애쓰지 마라

우리가 살아가야 할 이유를 알게 되고
자신이 무의미하고 소모적인 존재가 아니라
무언가 도움이 될 수도 있는 존재임을 깨닫게 되는 것은,
다른 사람들과 더불어 살아가면서 사랑임을 느낄 때이다.

— 반 고흐 『반 고흐, 영혼의 편지』 중에서

대학에 다닐 때 가끔 친구들이나 선배들에게 나의 핸디캡에
대해 이야기하곤 했다. 그중 일부는 나의 이야기를 부담스
러워하기도 했고, 어떤 사람들은 담담히 들어주기도 했다.
나는 그저 내가 어떤 사람이고 지금의 내가 여기까지 오는
데 나름대로 성실하게 한 걸음씩 걸어왔음을 알아주길 바
랐을 뿐이었다. 시간이 흘러가면서 나에 대한 사람들의 이
해가 점점 깊어졌다.

다른 사람의 핸디캡을 편하게 들어준다는 것이 처음에는 그리 쉽지 않다. 대화는 상대의 말을 듣고 그에 맞는 반응을 보여주는 것인데, 일상적인 대화는 목적을 가지고 있어서 즉각적인 답변이나 행동을 하는 것에 익숙하다. 그래서 자신이 모르거나 익숙하지 않은 이야기는 듣기도, 이해하기도 어렵다. 또한 듣는 사람이 지나친 책임감을 가지고 있으면 더욱 편하게 듣기가 어렵다. 그렇다면 어떻게 해야 할까. 무엇인가 해주려 하는 것보다는 그저 들어주기 위해 노력하면 된다. 이 단계를 넘어설 수만 있다면 두 사람의 대화는 풍성해지고 깊어진다.

공감이란 같은 곳을 바라보며 귀 기울이는 것

사람은 저마다 다양한 경험을 하며 살아간다. 그리고 남들이 모르는 각자의 고유한 시간들을 지나온다. 자신이 보기에는 편한 길이고 그 정도는 아무것도 아니라 여겨질 수 있지만, 누군가에게는 버겁고 두려울 수 있는 길이 되기도 한다. 그래서 자신의 기준으로 쉽고 어려움을 비교하거나 좋고 나쁨을 판단하는 것은 바람직하지 않다. 만일 핸디캡이 있는 내가 상대에게 "당신은 핸디캡이 없으니 아무것도 이해할 수 없다"고 말하면 어떨까. 그 순간 대화는 끝나고 말 것이다.

공감은 무엇인가를 해주는 데서 시작되는 것이 아니다. 공감은 그저 상대방의 이야기를 편하게 들어주는 데서 시작된다. 공감은 서로의 눈높이에서 바라보는 것이기 때문이다. 자신이 보기에는 아무것도 아닌 것처럼 보일지라도 그 사람의 눈높이에서 함께 바라보고 마음을 읽는 것이다. 자기 입장에서 주관적으로 해석하거나 비교하는 것은 공감이 아니다.

공감은 그 사람과 가까워지려는 노력으로, 그의 시각에서 모든 것을 바라보는 것이다. 그가 기뻐하고 슬퍼하는 것이 무엇인지, 무엇 때문에 요즘 어려운지, 잠은 왜 못 자는지 들어주고 눈을 마주한다면 거기서부터 공감은 시작된다. 공감은 무엇인가 해주려고 다가가는 것이 아니라 그의 옆에 나란히 앉아 그가 바라보는 곳을 함께 바라보며 그의 목소리에 귀 기울이는 것이다.

턱걸이 같은 순간을 많이 경험해본 사람은 조금 더 깊이 사람들과 공감할 수 있을 것이다. 너무나 특별하고 생각지 못한 일들은 우리를 당황스럽게 하지만 그 순간들을 넘어서고 나면 더 넓은 세상이 보이고, 삶을 바라보는 데 좀 더 여유가 생기게 마련이다. 사람들과 공감하며 지낸다는 건 큰 축복이다. 공감에는 존중과 격려가 포함되어 있어서 안정감을 가져다주고 새로운 힘을 얻게 해준다. 나는 나를 아껴주는 사람들의 공감의 소중함을 알고 있다. 그들의 공감으로 지금의 내가 만들어졌기 때문이다.

핸디캡은 사람과 사람 사이에 존재하는 다름의 하나일 뿐

외국에 나가면 모두가 이방인이다. 내가 피부색이 어떻든지, 남자든 여자든, 나이가 많든 적든, 휠체어를 탔든 안 탔든 그저 한 사람의 외국인일 뿐이다. 외국인이라 신기하고 외국인이라서 다가오기도 하지만 반대로 낯설어서 경계하기도 한다. 내가 핸디캡을 가지고 있는 것은 그리 큰 영향을 주지 않는다.

친구의 초청으로 미국 여행을 다녀온 적이 있는데, 짧은 체류기간 동안 나는 내가 외국인이라는 인상을 받지 못했다. 유일하게 내가 외국인이라는 사실을 느낄 때는 미국인에게 무엇인가를 물어봐야 할 때 뿐이었다. 나의 짧은 영어 때문에 상대는 내가 외국인이라는 사실을 금방 알아챘다. 그래서였을까, 그들은 나를 더 친절하게 대해주기도 했다. 미국은 전 세계의 다양한 사람들이 공존하기에 내가 그들에게 그다지 다른 사람은 아니었다. 휠체어도 흔하게 보는 것이라 무덤덤하게 보기도 했다.

군중 속에서 느끼는 이질감은 오히려 우리나라에서 강하게 느끼곤 한다. 직장 근처에 있는 식당에 점심을 먹으러 갔을 때다. 그 식당은 갈비탕과 돼지고기 김치찌개가 맛있다. 동료직원과 식당에 들어갔는데 점심 손님으로 자리가 거의 차 있었다. 나는 입구에서 조금 들어간 쪽에 자리를 잡았다. 휠체어가 사람들 통행에는 그다지 불편을 주지 않을 정도의 공간이 있어서 앉았는데, 잠시 후에 종업원이 다가와서 입구 바깥쪽 자리로 옮겨달라는 것이다. 왜 그러냐고 묻자 통행에 불편을 준다는 것이다. 사람들이 충분히 오고 갈 수 있어 보이는데도 자리를 옮겨달라고 계속 요구하자 기분이 상했다. 큰 소리로 항의할까 하다가, 이런 식으로 영업하지 말라고 몇 마디 던지고 나와 버렸다.

그날 내가 기분이 상한 것은 단지 자리를 옮겨달라는 요구가 지나쳐서가 아니었다. 먼저 입장한 손님보다 본인들의 영업이 중요하고, 나를 손님으로 보지 않았다는 느낌이 강하게 들었기 때문이다. 반면에 종업원 자신은 조금도 불편을 겪고 싶어 하지 않는 모습에 불쾌감이 컸다.

우리나라는 경제적으로나 문화적인 측면에서 이미 선진국의 대열에 들어서 있다. 장애인을 위한 편의시설이 의무화되어 있고, 장애인의 교육과 취업 환경 등도 이전보다는 많이 좋아졌다. 또한 인권과 다양성의 측면에서도 사회 전반에 걸쳐서 광범위하게 논의되고 있어서 아직 미흡한 점은 있지만 상당히 좋아지고 있는 것은 사실이다. 내 관심은 핸디캡을 어떻게 바라볼 것인가 하는 지점에 집중되어 있다. 어떤 나라에서는 내가 외국인이라서 핸디캡이 특이하게 보이지 않았든지, 아니면 어떤 나라에서는 핸디캡이 이미 익숙한 문화라서 자연스럽게 받아들여졌든지 간에 핸디캡은 그들과의 소통에서 크게 문제가 되지 않았다. 남자와 여자가 다르고, 먹고 사는 방법이 나라마다 다르고, 사람마다 나이가 다르고, 피부색이 다르고, 가지고 있는 부의 정도도 모두 다르다. 서로의 다름이 다양성으로 그리고 각자의 개성과 문화로 받아들여진다면, 핸디캡은 그저 사람과 사람 사이에 존재하는 다름의 하나일 뿐이다.

핸디캡을 가지고 있다고 해서 자신만이 핸디캡을 감당해야 하는 것은 아니다. 상대가 남자인지 여자인지, 청소년인지 어른인지, 한국인인지 외국인인지에 따라 태도와 관계의 형태는 달라진다. 핸디캡도 마찬가지다. 핸디캡은 서로가 알고 이해해야 할 대상이지, 회피하고 멀리해야 할 대상이 결코 아니다. 우리는 모두 크고 작은 핸디캡을 가지고 산다. 남에게 보이든 보이지 않든지 핸디캡은 있다.

상대가 나의 핸디캡을 알게 하고 이해하도록 돕는 것도 우리의 몫이다. 우리는 그저 사람과 사람 사이에서 살아갈 뿐이다. 사람과 사람 사이에서 겉으로 보이는 것이 본질적인 것은 아니다. 나와 상대가 그저 사람과 사람 사이라는 것. 사람과 사람 사이에서 모든 것이 시작되고 이어져 간다. 자신의 핸디캡을 한 사람의 고유한 특성으로 바라보고, 오히려 핸디캡을 통해서 다른 사람들과 함께 풍요로운 관계를 만들어 가는 것은 어떨까.

도움이 필요한 사람과 도움을 주는 사람

두 번째 직장은 비영리단체 온라인 모금 팀이었다. 웹마스터 공부를 시작한 지 거의 1년이 지난 때였다. 팀장 1명과 팀원 3명으로 구성된 부서에서, 팀원이 캠페인 콘텐츠를 기획하면, 내가 콘텐츠와 후원신청서 웹페이지를 제작했다. 캠페인 콘텐츠는 주로 학대받는 아동과 저소득가정의 아동을 돕자는 메일서명과 후원신청이다. 제작된 웹페이지들은 온라인 기업 제안과 온라인 카페에 게재되었다. 그 당시에는 벤처기업의 성공과 온라인 카페의 대중화가 사회의 주요 이슈가 되던 때였다.

우리 팀은 100대 온라인 기업 리스트를 만들어 주기적으로 사회공헌 파트너십과 모금활동을 제안했다. 그러나 기업들은 별다른 반응을 보이지 않았다. 사실 그럴 만도 한 것이, 대부분의 온라인 기업들은 급성장한 몇몇 기업을 제외하고는 자리를 잡기에 급급했고, 온라인 기업들의 사회공헌 활동도 전무하던 때였다. 우리는 직접 나서기로 하고 기업들과 미팅을 잡기 시작했다. 기업 홈페이지에 배너를 게제하고, 기업 메일링에 캠페인 콘텐츠를 실어 사회공헌 활동에 참여할 수 있도록 설득해 갔다. 우리는 후원자들에게 기업의 사회공헌 활동을 홍보하여 지속적인 파트너십을 유지할 수 있도록 최선의 노력을 다했다.

성과는 조금씩 나타나기 시작했다. "00 기업과 00 단체가 함께하는 저소득가정 아동지원 캠페인" 배너가 크기별로 만들어지고, 기업고객들 메일링에 캠페인 콘텐츠가 실리기 시작했다. 온라인 메일링 서명운동과 정기후원신청이 들어왔다. 그러나 캠페인에 참여율이 저조할 때도 많았다. 시행착오를 거듭해가며 실패요인들을 분석하고 개선해 나갔다. 기업과 기업고객들의 참여율을 높일 수 있는 방안들이 마련되면서 온라인 모금의 방향도 잡아갔다.

2000년대 초중반에는 온라인 커뮤니티 다음카페가 최고의 전성기를 맞고 있었다. 지금이야 카페 외에도 페이스북, 인스타그램, 카카오스토리, 밴드 등 다양한 SNS가 전성기를 누리고 있지만 그때는 카페를 중심으로 한 커뮤니티 활동이 활발했고, 향후 카페를 대체할 온라인 대항마는 보이지 않을 정도였다. 우리는 대형 카페들을 중심으로 사회공헌 활동을 제안하고, 그 외 카페들은 콘텐츠 페이지를 게재하는 데 집중했다.

온라인 기업 캠페인보다 카페 커뮤니티의 반응이 빠르고 성과도 좋았다. 온라인 메일서명과 정기후원에 참여하는 카페회원들이 점차 많아졌고, 내가 만든 DB에 메일리스트 정보들과 후원신청자 개인정보들이 쌓여갔다. 아직은 미개척지였던 온라인상의 사회공헌과 모금이 새로운 시작을 맞게 되는 중요한 순간이었다.

우리가 전하는 모금 콘텐츠에 반응하는 사람들이 점차 많아지는 것이 놀라웠다. 전혀 들어보지 못한 단체에서 전혀 알지도 못하는 아동들을 도와달라는 메시지에 사람들이 서명을 하고 후원을 하는 것이다. 세상에는 좋은 사람들이 더 많은 것을 분명히 알 수 있었다.

2004년 12월, 인도양에서 초대형 쓰나미가 발생하여 인근 해안 국가들을 초토화시켰다. 리히터 규모 8.9의 지진으로 파도가 10m 가까이 솟았고, 시속 800km 속도로 해안으로 몰려왔다. 특히 인도네시아 아체주 해안은 피해가 심각했다. 피해지역 일부 마을은 주민의 70퍼센트가 사망, 인도네시아에서만 13만 명이 죽었고, 다른 나라 사망자를 포함하면 총 20만 명까지 예측되는 엄청난 재앙이었다. 이재민 수만 50만 명이 넘어섰다. 전 세계 국가들과 국제구호단체들이 앞다투어 구호활동과 재해복구활동에 나섰다.

우리 단체도 직원을 급파하여 피해조사와 지원계획을 세워갔다. 해외에서 재해가 발생하면 긴급구호TF가 만들어진다. 해외사업부서, 모금부서, 홍보부서, 기획실 등 담당직원들이 모여 실시간으로 진행사항을 공유하여 그에 맞는 모금과 지원계획을 세우고 홍보내용을 정리한다. 회의결과를 바탕으로 모금부서에서는 해외에서 필요한 대표적인 물품목록을 확인하고 긴급구호 키트를 모금 콘텐츠에 담아 파트너 기업과 시민들을 대상으로 모금활동을 전개한다.

모든 언론에서는 일제히 인도네시아 쓰나미 피해 소식을 집중적으로 다루었고, 현장의 상황을 자세하게 전했다. 피해지역이 너무 광범위했고 이재민 수도 많아 구호활동이 매우 어려운 상황이었다. 사망자 또한 많아서 시신수습도 원활하지 못해 시간이 흘러갈수록 전염병 발생률도 높아져만 갔다. 현장에 파견된 직원이 사진자료를 보내주었는데 폐허 그 자체였다. 그리고 끔찍했던 것은 그 폐허 속에 수습되지 못한 시신들이 여기저기 흩어져 있다는 것이었다.

우리 부서에서는 온라인 기업들을 대상으로 긴급구호 모금제안과 기업고객 대상 메일링을 요청했다. 또한 단체 홈페이지에 긴급구호 모금함을 배치하고, 모든 포탈사이트에 키워드를 등록하여 온라인상에서 쉽게 후원할 수 있도록 했다. 언론의 보도와 사회적 관심이 집중되면서 모금도 활발하게 진행되었다. 기업과 시민들의 물품후원과 자원봉사문의가 들어왔고, 후원금 규모도 커져갔다.

나와 팀원들은 모금을 진행하면서 MSN과 네이트온 메신저의 팝업창에 긴급구호 배너가 삽입되길 바랐다. MSN과 네이트온은 월 방문자 수가 각각 1천만 명에 이르는 최고의 전성기를 누리고 있었다. 스마트폰이 없었던 시기로 오직 PC로만 사용 가능했던 메신저가 각각 1천만 명 정도라는 것은 거의 모든 직장인과 20대가 사용했다고 해도 과언이 아니다. 이들 메신저는 지금의 카카오톡과 페이스북에 견줄만한 매체였다. 당시에 우리 단체는 사내 그룹웨어 메신저가 없었기 때문에 나를 포함한 거의 모든 직원들이 MSN과 네이트온 메신저를 동시에 사용하면서 업무에 활용할 정도였다.

며칠 뒤, 아침에 출근해서 컴퓨터를 켜고 MSN과 네이트온을 로그인했는데 어디서 많이 보던 배너 이미지가 각각 팝업으로 동시에 떴다. MSN과 네이트온 메신저 팝업에 우리 단체 긴급구호 배너가 실렸던 것이다. 그날 하루 수백만 명의 사람이 팝업배너를 통해 긴급구호 후원요청을 받은 것이다. 단체 홈페이지 유입량이 급격히 상승했고, 많은 사람들이 크고 작은 후원으로 긴급구호에 참여했다. 나의 일이 '도움이 필요한 자'와 '도움을 주는 자'를 서로 이어주는 거대한 통로가 되는 순간이었다. 그리고 내가 하고 있는 일의 최고의 순간이기도 했다.

자신의 관점에 따라 도움이 필요한 사람이 되기도 하고 도움을 주는 사람이 되기도 한다. 하지만 나의 생각은 항상 나의 도움을 필요로 하는 사람들을 향해 열려 있다. 내가 누군가의 보이지 않는 도움으로 살아가고 있듯 나 역시 누군가에게 물심양면의 도움을 줄 수 있는 삶을 살아가고 있는 것이다. 사람과 사람을 이어주는 깨끗한 통로, 그것이 내 일이고 내가 지향하는 삶이다. 여기에 나의 장애는 아무런 장애도 되지 않는다.

좋은 관계가 좋은 삶을 만든다

대학 1학년 가을, 나는 평생 잊을 수 없는 선물을 하나 받았다. 생일이 지난 지 얼마 되지 않은 어느 날, 나를 항상 동생처럼 챙겨주던 선배가 기숙사로 찾아와 작은 박스를 하나 건네주었다. 크기에 비해 묵직한 것이 책인가 싶었다. 조심스럽게 열어보니 한 번도 본 적 없는 물건이 들어 있었다. 그것은 큼직한 목걸이 모양을 하고 있었는데, 목걸이에는 수백 개의 캔 뚜껑이 달려 있었다.

그 선배는 몇 주 동안 캠퍼스 곳곳을 다니며 캔 뚜껑을 모았다고 했다. 주위 사람들에게도 캔 뚜껑을 모아달라고 부탁했단다. 그리고 단과대학들을 돌며 자판기 옆에 작은 박스를 배치해서 캔 뚜껑을 모으기도 했다. 이렇게 몇 주간 모아진 캔 뚜껑들을 일일이 손으로 씻어서 목걸이를 만들었던 것이다.

캔 뚜껑 1,000개를 모아서 어딘가에 가져다주면 휠체어를 준다는 말을 들었다는 것이다. 어느 회사에서 이벤트를 했던 것인지, 그냥 루머였는지는 알 수 없지만 그 선배의 마음과 정성이 너무나 고마워 눈물이 핑 돌았다. 나는 선물을 물끄러미 바라보며 잠시 동안 말을 잇지 못했다.

그날 밤은 늦게까지 잠이 오지 않았다. 정성과 사랑이 가득 담긴 선물을 보며 나는 어떤 사람이고 어떤 존재인지 생각했다. 그 선배는 나를 휠체어를 타고 다니는 장애인이 아니라 자신의 삶을 알차게 가꾸어 가려는 한 사람으로 바라봐주고 격려를 해주고 싶었던 것이리라. 그 작은 선물상자는 나를 세상의 중심에 세워주었다. 그리고 그곳에서는 내가 결코 혼자가 아니라고 큰 소리로 외치고 있었다.

평범한 사람도 크게 다르지 않겠지만, 핸디캡이 있다면 특히 자신의 삶을 긍정해주고 지지해주는 사람들을 가까이 하는 것이 매우 중요하다. 자존감이 강하고 훌륭한 자아상을 가지고 있다 해도 부정적이고 비판적인 사람들을 가까이하면 점점 비슷해질 수밖에 없기 때문이다. 사람은 자신이 속한 집단의 흐름에 쉽게 흔들리고 집단의 의사에 따라간다. 좋은 관계 속에서는 좋은 결정과 좋은 성장을 이루게 되지만 부정적인 관계 속에서는 나쁜 결정과 나쁜 성장을 하게 된다.

유명한 심리학 실험 가운데 집단 동조압력 실험이 있다. 하버드대학교 심리학자 애쉬(S. E. Asch)는 10명 내외의 사람을 원탁에 둘러앉게 하고 한 연구자가 그림을 제시했다. 사실 이 원탁에 앉은 실험참여자는 1명이고 나머지 9명은 실험조교였다. 연구자가 중간 길이의 실선을 보여준 뒤, 그보다 짧은 실선(A)과 긴 실선(B), 그리고 처음 보여준 것과 같은 길이의 실선(C)을 보여주었다. 그리고 같은 길이의 선이 어떤 실선인지 지목하도록 했는데, 실험조교 중 한 사람이 다른 길이의 선(B)이 같다고 말했고 다른 실험조교들도 같은 의견을 제시했다. 아무것도 모르는 실험참여자는 어떤 길이의 선을 선택했을까? 123명을 대상으로 실험을 진행했는데 그중 76퍼센트인 94명이 1회 이상 틀린 대답을 했다. 상당수의 실험참여자들이 주위 사람들의 의견을 그대로 따라간 것이다.

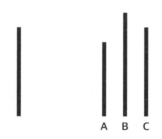

높은 지성을 갖춘 집단이라고 해서 언제나 바른 결정을 하는 것은 아니다. 집단사고(Groupthink)는 어빙 재니스(Irving Janis)가 말한 개념으로 '집단 내부의 압력으로 인해 도덕적인 판단과 현실검증, 정신적 효율성이 저하되는' 것을 말한다. 특히 구성원들이 결속력이 강하거나 카리스마 있는 리더가 있을 때 빈번하게 발생한다.

1961년 케네디 대통령의 결정에 의해 미국이 쿠바를 침공했던 사건은 매우 유명한 사례다. 미국은 쿠바 망명자들을 지원하여 비밀리에 쿠바의 공산주의 정권을 무너뜨리고자 했으나 실패로 돌아갔고, 이 사실이 전 세계에 알려져 미국의 도덕성은 큰 타격을 입게 된다. 백악관에는 최고의 지식인과 전문가들이 있고 필요한 정보는 얼마든지 확보할 수 있는 능력이 있다. 그럼에도 잘못된 결정이 집단 안에서 충분히 일어날 수도 있음을 보여주는 사건이었다. 이렇듯 함께하는 사람들의 영향력은 막강하다.

어떤 사람들과 가까이 지내는지는 내가 어떤 사람이 되는지와 직결된다. 좋지 못한 관계 속에서 버티며 인생을 소비하기보다는, 핸디캡을 자신의 일부로 지켜봐주는 사람들을 만나야 앞으로 나아갈 수 있다. 그리고 성장하는 삶을 살아가는 데 도움을 주고받을 수 있는 관계를 만들어 가야 한다. 좋은 토양에서 곡식이 건강하게 잘 자라는 것처럼, 좋은 관계는 자신에게 좋은 토양이 되어준다. 사람은 타인과의 관계를 떠나서는 살아갈 수 없다. 곡식이 땅에 뿌리를 두고 살 수밖에 없는 것과 마찬가지다. 좋은 관계 속에서 핸디캡은 건강한 개성으로 자리 잡게 된다.

좋은 관계를 만드는 다섯 부류의 사람

누구든 "나에게 좋은 사람은 누구일까?"라고 질문을 해보면 적어도 한두 사람은 떠오를 것이다. 그들이 가지고 있는 좋은 사람의 특징은 무엇일까. 내가 정말 힘들 때 도와준 사람일 수도 있고, 언제나 변함없이 나의 옆에 있어준 사람일 수도 있다. 나는 내가 자신의 핸디캡에 사로잡히지 않고 자유롭게 날개를 펼 수 있게 도와준 사람들을 항상 기억한다. 어느 날 정리를 해보니 다섯 가지 부류로 나뉘었다.

첫 번째는 나의 가능성을 제한하지 않는 사람이다. 좋은 사람은 핸디캡을 기준으로 할 수 있는 것과 할 수 없는 것을

정해주지 않는다. 핸디캡을 가지고 있다고 해서 어떤 결과
에 대하여 칭찬만 하지는 않는다. 칭찬이든 충고이든 필요
하면 언제든지 해주는 사람이다. 또한 시도해보고자 하는
것이 있다면 해보도록 하되 실패와 성공에 대한 결과는 온
전히 자신이 받아들일 수 있도록 도와준다. 그리고 핸디캡
을 성공과 실패의 주된 요인으로만 보지 않는다.

두 번째는 '있는 그대로의 나'로 봐주는 사람이다. 좋은 사람
은 핸디캡을 통해 그 사람을 보지 않는다. 핸디캡은 그 사람
이 가지고 있는 수많은 특징 중 하나이기 때문이다. 그리고
그가 가지고 있는 좋은 점들을 발견하고 알려준다. 핸디캡
을 넘어서는 과정을 언제나 지지해주지만 그렇다고 해서 지
나치게 개입하지는 않는다. 지나친 개입은 '있는 그대로의
나'로 인정하지 않는 것과 같다. 핸디캡을 나의 일부로 받아
주면서 나를 바꾸려 하지 않는다.

세 번째는 나의 편이 되어주되 쓴소리도 해줄 수 있는 사람
이다. 좋은 사람은 핸디캡 뒤에 숨으려 할 때는 정확히 지
적해준다. 핸디캡 뒤에 숨는 자신은 정작 이 사실을 모를 수
있기 때문이다. 아프고 조금은 힘들더라도 반드시 필요한
과정이다. 핸디캡이 개성이 된다는 것은 핸디캡 뒤에 숨어

도 된다는 것이 아니라 자신의 핸디캡을 조금 더 객관적으로 바라볼 수 있는 눈을 갖는 것이다.

네 번째는 나의 선택을 믿어주고 지지해주는 사람이다. 좋은 사람은 핸디캡을 고려하여 그의 선택을 지지하지는 않는다. 그의 선택을 일단 믿어주고 돕는다. 사람은 누구나 성장의 욕구가 있다. 핸디캡뿐만 아니라 자신의 한계를 넘어서고자 하는 의지는 모두가 가지고 있다. 좋은 사람은 성장의 욕구와 강한 의지를 볼 줄 아는 사람이다. 처음의 선택이 실패로 돌아가도 그 다음의 선택은 언제나 존재하고, 다음의 선택도 처음처럼 믿어주고 지지한다.

다섯 번째는 핸디캡으로 인한 불편을 필요 이상으로 도와주지 않는 사람이다. 도움은 너무 많은 것도 너무 적은 것도 좋지 않다. 그리고 이 둘 중에서 굳이 더 좋지 않은 것을 따진다면, 도움이 많은 경우다. 도움은 필요만큼만 채워지는 것이 가장 좋다. 필요한 만큼 채워진다는 것은 도움을 주는 사람의 입장에서 되도록 무리가 되지 않는 정도다. 도움을 받는 사람도 스스로 모든 것을 결정하고 행동할 수 있는 인격체다. 그리고 도움을 주는 사람의 필요와 만족을 위해 도와주는 것은 상대를 무시하는 처사다. 상대가 필요로 하는

것이 있고 그것을 스스로 하기 어렵다면, 필요한 만큼만 도
와주고 나머지는 그가 스스로 할 수 있도록 지켜봐주는 사
람이 좋은 사람이다.

좋은 관계는 지나치게 서로에게 간섭하거나 자신의 뜻대로
결정하지 않는다. 언제나 상대의 의사를 확인하고 존중해
주는 관계다. 사람에게는 누구나 자신만의 보이지 않는 경
계선이 있다. 이 경계선은 한 개인 고유의 사적인 영역을 나
타내는 것으로, 사람마다 넓기도 하고 좁기도 하다. 보이지
않기 때문에 맘대로 상대방의 경계선을 넘어서는 실수를 하
기도 한다. 상대에게 핸디캡이 있으니 내가 더 많이 도와주
는 것이 당연하다고 생각하거나, 자신이 좋다고 여기는 것
을 강요하기 쉽다. 좋은 관계는 상대방의 의사를 확인하고
선택할 수 있는 기회를 주는 것이며, 상대방의 인격을 존중
하고 있는 그대로의 상대를 받아주는 것이다.

좋은 사람을 만나고 나면 그 사람의 따뜻한 여운과 진실함
이 묻어나게 된다. 그의 여운은 내 몸과 삶의 일부가 되어
힘이 되고, 그의 진실함은 진정한 자신을 발견하도록 도와
준다. 한 사람이 건강한 인격체로 서기까지 수많은 사람들
을 만나게 된다. 핸디캡이 있는 경우에는 더 많은 좋은 관

계가 필요해지기도 한다. 우리 자신이 서로에게 좋은 대상이 된다면 핸디캡이 개성이 되고 자신의 역량을 마음껏 발휘할 수 있는 세상을 만들어 갈 수 있을 것이다.

좋은 관계는 핸디캡을 행복의 요소로 만든다

핸디캡과 관계맺기는 상호보완적인 관계에 있다. 핸디캡은 좋은 관계를 필요로 하고 때로는 핸디캡이 좋은 관계를 만들어주기도 한다. '내가 아는 나'와 '타인이 아는 나'의 간격이 좁혀지고 일치될 때, 진정한 자신을 발견하게 되고 자기를 계발할 수 있다. 좋은 관계는 자신이 흔들리고 약해질 때 기댈 수 있거나 붙잡아 줄 수 있는 안전장치가 되어준다. 핸디캡은 사람들과의 관계에서 배려와 이해를 가져온다. 상대를 향한 섬세함이 필요하며, 때로는 반복적으로 물어보고 확인해야 할 때도 있지만 이러한 과정을 통해 서로에게 좋은 대상이 될 수 있다. 서로의 필요에 민감해지고 시간이 갈수록 상대를 이해하게 되면서 관계는 깊어지게 된다. 그리고 서로의 존재감은 고마움과 감사로 전달되어 좋은 관계로 계속 이어지기도 한다. 좋은 사람들을 만나면 선한 영향력과 삶에 대한 기대를 가질 수 있다.

반대로, 핸디캡이 관계의 단절을 가져올 수도 있다. 모든 사람이 핸디캡을 긍정해주지는 않기 때문이다. 더욱 나쁜 것은 누구도 자신의 핸디캡을 이해하고 받아주지 않을 것이라고 지레 결론을 내버리거나, 모든 관계는 불안정하고 자신의 상황을 더 복잡하게 만든다고 여긴다면, 주위 사람들과의 관계는 단절되기 쉽다. 핸디캡 자체가 관계를 단절시킨다기보다는 핸디캡에 대한 자신의 태도가 단절을 가져올 때가 많다. 단절은 고독을 가져온다. 과도한 고독은 몸을 상하게 하고 삶의 의욕을 저하시킨다.

나의 핸디캡을 부정하고 받아주지 않는 사람들과 군이 어울릴 필요는 없다. 나의 삶을 긍정해주고 핸디캡을 나의 개성으로 받아줄 수 있는 사람들을 만나고 그들과 삶을 함께 공유한다면 삶이 더욱 풍요로워질 것이다.

하버드대학에서는 75년 전부터 "무엇이 우리를 행복하고 건강한 삶을 만드는가"에 대한 연구가 진행 중이다. 이 연구는 75년 전 미국 남성 724명을 대상으로 시작되었다. 그들이 결혼하고 취업하고 자녀를 가지는 인생의 모든 과정을 추적 조사했다. 이 연구는 지금도 진행 중인데, 앞으로는 그들의 자녀를 대상으로 연구가 진행될 예정이라고 한다. 이 연구는 행복하고 건강한 삶은 그들의 사회적 위치나 부와는 상관이 없었다는 결론에 도달하고 있다. 사람들과의 '좋은 관계'가 행복하고 건강한 인생을 살게 한다는 것을 확인한 것이다. 건강한 애착관계, 즉 만족스런 관계가 노년을 행복하고 건강하게 살 수 있게 해주며, 노년이 행복한 사람들은 직장동료들과 은퇴 후에도 좋은 관계를 유지하고 있었다. 좋은 사회적 관계를 유지하고 지속하는 사람들이 노년에도 건강하게 살아가고 있었다.

육체적 고통이 있어도 좋은 관계에 있는 사람들은 행복하다고 반응했다. 좋은 관계 속에 있지 못한 사람들은 육체적 고통에 감정의 고통이 더해져서 육체적 고통보다 더 큰 고통을 안고 살아가고 있었다. 반대로 고독은 우리를 불행하게 만든다는 사실도 확인할 수 있었다. 그들은 질병에 대한 저항력도 좋은 관계에 있다고 반응한 사람들보다는 낮았으며, 삶의 만족도도 낮게 나왔다. 좋은 관계가 좋은 삶을 가져온다. 즉, 좋은 관계가 행복한 삶과 건강을 지속할 수 있는 원천이 되는 것이다.

내 옆에는 좋은 사람들이 많았다. 특수학교에서, 고등학교와 교회에서, 대학과 대학원에서, 몇 곳의 직장에서, 함께하는 이들의 지지와 배려, 진심어린 우정과 사랑으로 오늘까지 왔다. 핸디캡을 나만의 개성으로 받아들이는 힘은 그들과의 좋은 관계 속에서 만들어진 것이다. 그들이 보는 나는 핸디캡을 가지고 있는 불쌍한 사람이 아니라 핸디캡이 있지만 그것을 자기만의 개성으로 받아들이는 나였던 것이다. 좋은 관계는 핸디캡이 행복한 삶의 중요한 일부가 될 수 있도록 해주고, 핸디캡이 주는 의미와 가치를 발견하도록 도와준다. 성숙하고 인격적인 관계는 핸디캡에 대한 자신의 관점을 보다 긍정적이고 발전적인 측면에서 보게 하며, 자신의 재능을 찾고 역량을 발휘하게 해준다. 또한 핸디캡으로 단절될 수 있는 다양한 사회적 기회들, 즉 여행, 각종 모임이나 취미생활, 자기계발 등을 가질 수 있게 된다.

그동안 나는 수도 없이 자신에게 실망하고 흔들리며 살아왔다. 때로는 쓰러지고 때로는 좌절하기도 했다. 하지만 그 시간 속에는 언제나 따뜻한 사람들이 있었다. 지금 내가 살고 있는 '기적 같은 평범한 일상'은 그 사람들의 따뜻함으로 만들어진 것이다. 앞으로 펼쳐질 나의 삶은 내가 받은 그 따뜻함을 다른 사람들에게 나눠주는 삶이기를 바란다. 나도 누군가에게 기적 같은 평범한 일상을 선물할 수 있다는 믿음이 있기에 나는 오늘도 한 발 앞으로 나아간다.

나는 수도 없이
자신에게 실망하고
흔들리며 살아왔다.
때로는 쓰러지고
때로는 좌절하기도 했다.
하지만 그 시간 속에는
언제나 따뜻한 사람들이 있었다.
지금 내가 살고 있는
'기적 같은 평범한 일상'은
그 사람들의 따뜻함으로
만들어진 것이다.

더 사랑한다면

사랑한다면
그 사람의 눈을 바라보아라
정말 더 사랑한다면
그 사람의 눈이 향하는 곳을 바라보아라

사랑한다면
그 사람을 꼭 안아주어라
정말 더 사랑한다면
그 사람의 가는 길을 비춰주어라

사랑한다면
그 사람이 좋아하는 것을 사주어라
정말 더 사랑한다면
그 사람이 좋아하는 것을 하도록 도와주어라

사랑한다면
그 사람의 손을 잡아주어라
정말 더 사랑한다면
그 사람의 손을 자유롭게 놓아주어라

사랑한다면
그 사람의 삶을 축복해주어라
정말 더 사랑한다면
그 사람의 삶을 그대로 받아주어라

사랑한다면
세상의 달콤함을 선물해주어라
정말 더 사랑한다면
그 사람의 고통을 안아주어라

사랑한다면
그대 안에 그 사람을 두어라
정말 더 사랑한다면
그 사람 안에 그대가 머물도록 하여라.

다름이 특별함이 되는
세상을 꿈꾼다

청소년 시절까지 나는 '왜 나는 핸디캡을 가지고 살아야 하는가'라는 질문에서 벗어나지 못했다. '그때 그 사고만 없었다면 나는 지금 이렇게 살지 않았을 거야.', '내가 이런 모습으로 살아가야 하는 이유는 도대체 무엇일까?' 하는 질문을 하루에도 몇 번씩 되뇌었다. 하지만 그럴 때마다 '왜'라는 질문은 나에게 전혀 도움을 주지 못했다. 세상에는 수많은 일들이 일어나지만 그 모든 이유에 정해진 답이 존재하지는 않는 것 같다. 나이가 들어서야 깨달은 것이지만, 답은 항상 내가 만드는 것이다.

'왜(Why)' 대신에 '무엇을(What)'이라는 질문을 스스로에게 던졌을 때 오히려 할 수 있는 것들이 많았다. 어느 순간, 나는 더 이상 '왜'라는 질문 앞에서 주저앉아 있지 않기로 했다. 예를 들어 걷지 못하면 휠체어로 가면 되고, 왼팔을 쓰지 못하면 오른팔로 하면 되는 것이다. 살아가는 데 정해진 방법은 없다. 지금 할 수 있는 것들에서 행복을 찾고 의미를 찾기 위해 몇 발자국만 움직여 보면 분명 달라진 자신을 만나게 된다.

행복은 찾지 않아서, 또는 알지 못해서 경험하지 못할 때가 많다. 예를 들어 걷는 것이 불편하다면 걷는 것이 얼마나 큰 행복이었는지 알게 된다. 휠체어를 타고 다녀도 바깥세상을 볼 수 있고, 직접 만져 볼 수 있는 것도 큰 행복이 될 수 있다. 과정이 고되고 어렵지만 행복은 항상 가까이에 있다.

핸디캡이 바꿔놓은 행복의 기준

핸디캡이 곧 불행을 의미하지는 않는다. 핸디캡을 불행으로 받아들이는 태도의 문제다. 그것은 다르게 표현하면 얼굴이 예쁘지 않아서 불행하다고 생각하는 것이고, 가난하기 때문에 살아갈 의미가 없다고 말하는 것이나 다름없다.

우리에게 주어진 삶은 그리 단편적이지 않다. 더 큰 의미와 가치가 담겨져 있고 복잡다단한 것들이 수없이 많다.

나는 핸디캡으로 행복의 기준을 바꿀 수 있었다. 엄밀히 말하자면 바꿀 수밖에 없었던 것이지만 이전보다 더 자유롭게 살아가고 있다. 생각의 기준, 행복의 기준, 세상을 바라보는 기준이 바뀌었다. 자신과 세상을 바라보는 관점이 달라지면 핸디캡은 다름이 되고 개성이 된다. 핸디캡으로 새로운 인생을 살게 된 것처럼, 그에 맞는 새로운 기준과 관점이 필요하다.

나는 긴 세월 동안 핸디캡이 없는 사람들을 기준으로 자신을 다그치며 살아왔다. 핸디캡을 극복해서 핸디캡이 없는 사람들과 같은 삶을 살고자 했다. 그래서 아파도 아프지 않다고 말하고, 슬프고 힘들어도 항상 웃는 모습만 보여주려고 애써왔다. 가족과 주위 사람들에게 걱정을 끼치고 싶지 않기 때문이기도 했지만, 핸디캡으로 약한 모습을 보여주고 싶지 않았다. 자신의 감정과 상태에 솔직했어야 했는데 그러지 못했다. 그래서 가끔 내 얼굴이 피에로의 얼굴처럼 느껴지기도 했다.

그러나 핸디캡을 부정하고 핸디캡이 없는 것처럼 위장할수록 내 자아와 일상의 삶 사이에는 괴리감이 커져갔다. 핸디캡을 내 자신의 일부로 받아들이지 않는 만큼 마음은 더욱 불편해지고 사람들과의 관계도 어려워졌다. 존재하는 것을 없는 것처럼 여기고 자기를 부정하니 내적 갈등이 커질 수밖에 없었던 것이다.

핸디캡을 자신의 일부로 여기고 받아들일 때 타인도 나의 핸디캡을 받아주기 시작했다. 그리고 아프면 아프다고 말하고, 화가 나면 적절히 표현하는 것이 건강한 삶이라는 것을 깨달아 갔다. 이러한 과정 속에서 '내가 보는 나'와 '타인이 보는 나'의 거리도 조금씩 좁혀져 갔다. 나에게 핸디캡이 있는 이상 '핸디캡이 없는 평범한 삶'은 존재하지 않는다. 그래서 이제는 '핸디캡과 함께하는 특별한 삶'을 찾아가고 있다. 핸디캡을 나만의 특별함으로 볼 수 있는 관점을 가지게 된 것이다.

꿈은 누군가를 이겨서 이루는 것도, 자기 자신을 이겨서 이루는 것도 아니다. 어떤 대상을 이겨서 꿈을 이루게 되는 일은 없다. 어떤 대상을 이기는 것은 그 자체가 목적이 되어버려 꿈을 이루는 것과는 전혀 다른 일이 되어버린다. 때로는 경쟁을 피할 수 없지만 꿈을 이루는 것의 본질은 자신이 추구하는 방향과 목적에 있다. 자신이 하고 싶은 것, 또는 자신이 해야 하는 것을 꾸준히 찾아가다보면 어느 순간 꿈을 현실에서 마주하게 될 것이다.

공감하는 능력이 지혜를 만든다

서울의 한 지역구에서 특수학교 건립 진행이 지역주민들의 반대에 부딪혀 난항을 겪고 있다는 뉴스를 접했다. 지역주민들은 이미 장애인 시설이 많으니 더 이상 장애인학교가 들어서서는 안 된다고 주장한다. 20년 전 다른 구에서도 같은 일이 있었다. 지역주민들이 대형트럭까지 동원해서 공사 중단을 요구했고 이로 인해 학교건립 공사가 중단되기도 했다. 우여곡절 끝에 법원의 판결로 공사가 진행되어 장애학생들이 학교를 다닐 수 있게 되었다.

20년이 지났지만 우리가 가야 할 길은 아직 멀게만 느껴진다. 핸디캡을 자신의 일로 여기고 서로가 공존할 수 있는 길을 찾아가는 것이 쉽지만은 않다. 하지만 이런 갈등은 사회인식의 문제만은 아니다. 우리나라에서는 부동산이 재산

증식의 주요 방법이고 여기에 핸디캡에 대한 오해가 더해져서 갈등이 반복되고 있는 것이다. 조금만 길게 내다보면 누구나 질병과 노화로 언젠가는 복지시설과 병원을 이용할 수밖에 없다는 것을 알게 된다. 아직은 나의 일도, 내 가족의 일이 아니기에 누군가의 절실함을 외면하게 되는 것은 아닌지 모르겠다.

핸디캡에 대한 사회적 인식은 몇 십 년 전보다 훨씬 좋아졌다. 기술과 네트워크의 발달로 핸디캡에 대한 사회적 이해가 높아지면서 인식의 차이도 줄어들고 있다. 또한 서로 도와주며 살아가려는 사람들도 많아지고 있어서 함께 살아가기 위한 노력도 다양하게 이루어지고 있다. 그러나 이해관계가 첨예하게 대립되는 상황에서 자신이 어떤 입장을 취할 것인지 깊이 생각해보지 않으니 우리 동네에 특수학교가 들어서는 것을 반대하는 사람들이 나오는 것이다.

장애인들은 사회적 약자다. 강자에 의해 벌어지는 차별은 시회를 병들게 한다. 우리 주변에는 사회가 지켜주지 못하면 소외되고 사라져갈 수밖에 없는 사람들이 너무나 많다. 누구나 그 대상이 될 수 있고 바로 우리 자신이 될 수도 있다. 이 무서운 명제 앞에서도 눈앞의 이익에만 급급하는 어

리석음을 깨닫는 것만이 화합의 길을 모색하는 방편이 될
것이다.

우리에겐 아직도 가야 할 길이 있다. 그 길은 항상 열려 있
고, 넓은 길이기에 더 많은 사람이 함께 갈 수 있다. 바로 핸
디캡을 배워가고 공감하는 길이다. 핸디캡에 대한 사람들
의 낯선 시선과 물리적 환경의 차별, 핸디캡이 있으면 안 된
다는 생각들, 그리고 이로 인한 갈등과 배척 등에서 벗어나
우리는 각자의 삶을 인정하고 긍정해 주며, 각자에게 주어
진 자유를 누릴 수 있는 길을 가야 한다.

다 름 이 특 별 함 이 되 는 사 회

내가 일하는 단체에서는 후원자들을 대상으로 장애체험을
하는 시간을 갖는다. 처음 모집공고를 올릴 때는 주로 대학
생들이나 직장인들의 개인 신청이 많을 것이라 예상했다.
하지만 예상은 빗나갔다. 젊은 부부와 커플, 어머니와 함께
온 어린이와 청소년, 혼자 오신 할머니 등 정말 다양한 분들
이 참여 신청을 했다. 그분들 모두 사회적 약자에 대한 관

심이 많았고, 후원하는 데서 끝나는 것이 아니라 직접 알고 싶어 했다.

얼마 전까지만 해도 장애는 불가능을 의미했고 극복의 대상이었다. 그리고 개인이나 가족이 모든 것을 감당하고 이겨내야 했으며, 종종 인간승리에 가까운 장애인들은 사회의 주목을 받기도 했다. 이러한 맥락 속에서 장애를 바라보는 시선은 더 낯설고 피하고 싶은 것이 될 수밖에 없다. 이제는 다른 시각이 필요하다. 장애를 핸디캡으로 보는 관점의 전환이다. 여기서 핸디캡은 '불가능'이 아닌 단순한 '불편'을 의미한다. 개인이 감당하고 이겨내야만 하는 극복의 대상이 아니라 함께 공감하고 배워가는 대상이다. 개인으로서는 불가능했지만 많은 사람들과 함께함으로써 불가능은 작은 불편으로 바뀌게 된다.

서로의 다름(Difference)은 옳고 그름의 틀림(Error)이 아니라 각자의 개성(Personality)을 의미한다. 개성은 개별성(Individuality)에서 근거한다. 개별성을 배제한 개성은 존재하지 않는다. 각자가 가진 개별성에는 다양한 다름이 존재한다. 성별이 다르고, 가족과 출생지가 다르고, 성장한 시대적 배경이 다르다. 서로에게 영향을 주고받은 사람이 다르고, 추구하는 바와 가치관이 다르다. 수많은 다름이 개별성으로 표현되고 이것을 우리는 개성이라고 부른다.

이 다름은 특별함이다. 다른 사람과 같다면 나라는 존재는 무엇으로 확인할 수 있겠는가. 핸디캡이 나와 타인을 구별해주는 다름을 보여줄 수도 있다. 나라는 사람은 이 세상에 하나밖에 없는 유일한 존재다. 그 고유함은 다른 사람들과 나를 구별해주는 개성이며, 더 나아가 나만이 가진 특별함이다. 세상에 무결점의 완벽한 사람은 없다. 누구나 원하고 동경하는 완벽함이나 아름다움이 아닐지라도 자신이 가진 그 고유한 특징을 나만의 특별함으로 만들어가는 것은 분명 가치 있고 소중한 일일 것이다.

장애체험에 참여한 후원자들은 휠체어를 타고 처음 거리로 나왔을 때 사람들의 시선에 당황했다. 평상시 못 느끼던 시선들이 거리에서 자신을 낯선 존재로 만들고, 쉽게 어울리기 어려운 차별을 경험하게 했다. 또한 휠체어가 진입할 수 있는 편의시설이 없는 경우 사회로부터의 거절감을 느낄 수밖에 없었다. 핸디캡이 개성으로 받아들여지는 세상은 개인의 노력만으로는 이루어 갈 수 없다. 내 주위의 사람들이 나와 함께 만들어 갔던 것처럼, 많은 사람들이 함께 만들어

가야 한다. 신체적 핸디캡을 배려한 편의시설부터 서로의 다른 모습과 특성들을 편하게 바라보는 시선까지, 모두가 조금씩만 노력한다면 충분히 만들어갈 수 있다.

우리는 모두 성별, 나이, 학력, 빈부의 격차를 갖고 있다. 하지만 이 다름이 차별로 이어져서는 안 된다. 차별은 사람과 사람과의 관계를 깨뜨리고 서로간의 간격과 벽을 만들어 낸다. 우리는 누구나 차별의 피해자가 될 수 있다. 나는 다름이 특별함이 되는 사회를 꿈꾼다. 타인의 다름을 특별함으로 받아들일 만큼 성숙하고 따뜻한 사회를 꿈꾼다. 나는 그 가능성을 경험했고 그 안에서 나의 길을 발견했기에 오늘도 힘차게 두 바퀴를 굴린다. 다른 사람과 다른 나, 나와 다른 모두를 사랑한다. 세상의 모든 나를 사랑한다.

핸디캡 때문에 망설이는 너에게
세상의 모든 나에게

초판 1쇄 발행 2018년 4월 20일
지은이 정종민   펴낸이 김영범

펴낸곳 (주)북새통·토트출판사
주소 서울시 마포구 방울내로7길 45 (우)03955
대표전화 02-338-0117
팩스 02-338-7160
출판등록 2009년 3월 19일 제 315-2009-000018호
이메일 thothbook@naver.com

© 2018, 정종민
ISBN 979-11-87444-23-7 03810